MYLÈNE DEMONGEOT BOUILHAC & CATEL

Histoires de Mylène Demongeot.
Scénario et dessin de Claire Bouilhac et Catel Muller.

Adieu Kharkov
est partiellement et librement inspiré de l'ouvrage
Les Lilas de Kharkov de Mylène Demongeot.
Claire Bouilhac a dessiné les aventures de Claudia,
mises en couleurs par Meephe Versaevel.
Catel Muller a dessiné les aventures de Mylène,
mises en couleurs par Marie-Anne Didierjean
et lettrées par Nicolas Sécheret.

ADIEU KHARKOV

Elle en a tourné, des films, Mylène Demongeot, des sacrés films, et avec des sacrés acteurs, mais de tous ses films qui restent dans la mémoire de son public, le plus étonnant, le plus romanesque, c'est quand même sa vie.

Saga aux multiples rebondissements, c'est tout à la fois un film d'amour avec son cortège de passions échevelées, de drames, de trahisons : on s'aime, on se déchire, on se perd, on se retrouve pour se reperdre. Un superbe mélodrame aux accents pathétiques.

À chaque coin de page on rencontre des figures bien connues… mais c'est Cosette… Oliver Twist… Tiens les Thénardier ! Seulement voilà, il ne s'agit pas de littérature, il s'agit de Mylène, de sa mère. Là, on est dans l'os du jambon de la vie.

C'est un film d'aventure aussi qui vous promène aux quatre coins d'un « Far East » en éruption.

Principal personnage du film, sa mère, personnage si riche, si attachant, si complexe aussi qu'on ne sait plus à quel saint la vouer, ou à quel démon.

Destin d'une femme en quête de liberté, d'indépendance, tout comme sa fille Mylène.

Et pourtant, Mylène qui s'est tant battue pour l'avoir, au faîte de sa gloire, celle qu'ont les stars, renonce à son indépendance, à sa carrière brillante pour s'attacher à un homme par amour, Marc Simenon (qui fut un ami très cher) qui la quitte trop tôt, hélas, après une fatale chute d'escalier. Et voilà ma vaillante, malgré sa peine, jamais battue, qui reprend avec courage son ancien métier de comédienne – et réussit de nouveau à exister –, le talent ne se perd pas.

Lui reste son amour indéfectible pour les animaux que je partage. Elle a raison. Ce sont les seuls à ne jamais vous trahir !

Oui, quel beau film, sa vie, parce que pour elle, la vie est un beau métier.

PIERRE RICHARD

PROLOGUE

PORQUEROLLES, 1982.
HA! HA!
Quelle joie de vivre ! Ta fille est adorable, Monique.
HA! HA!
REGARDEZ ! J'ai pas de culotte !
Allons, Laurence, calme-toi un peu !
HA ! HA !
Ça ne va pas, Maman ?
C'est DÉGOÛTANT !

Je t'accompagne...
Je vais refaire du thé.
Mais d'abord, il faut qu'on parle.
POURQUOI, Maman ?
POURQUOI ?
Tout est toujours « DÉGOÛTANT » pour toi !
Il y a des choses QUI NE SE FONT PAS.
Ce n'est qu'une petite fille, voyons !
De mon temps, on n'élevait pas les enfants comme ça.
Oh, bien sûr, les autres ont toujours tort !
Tu les juges. Mais toi, il faut te prendre comme tu es !
Pourquoi es-tu toujours aussi impitoyable ?
Es-tu incapable de tendresse ?
Même avec moi !

Je ne sais pas... J'ai été avec toi comme ma mère a été avec moi.
QUOI ?! Tu m'as toujours dit que ta mère t'avait rendue terriblement malheureuse !
Pardon...
Oh, Maman, c'est moi qui te demande pardon !
Je t'aime tant.
Mais je n'aime pas quand tu pleures... Tu ne pleures jamais !
C'est vrai, je suis devenue dure... la vie m'a rendue comme ça.
L'Ukraine est un mauvais pays pour grandir...
Ma fille... Toi et ton frère, vous devez me faire une promesse...
Écoute-moi bien : tous les deux, VOUS NE DEVEZ JAMAIS ALLER À KHARKOV !
LES RUSSES VOUS TUERAIENT !

NICE, 1984.
Mon fils... MON FILS EST MORT !
Maman...
Je n'arrive pas à y croire. Lochka est MORT !
J'ai déjà souffert, mais je ne pensais pas avoir encore si mal !
Mon cher fils, je ne m'en remettrai jamais !
Je vais en mourir.
Ne dis pas ça !
Je vais m'occuper de toi, Maman.
Je suis trop malade.
Je veux que tu ailles à l'hôpital...
On va te soigner.

PARIS, 1985.
Mademoiselle, faites quelque chose pour ma mère, s'il vous plaît !
Elle a des douleurs insupportables !
Impossible, madame, le docteur l'interdit.
Cela pourrait abréger sa vie, vous le savez.
J'ai si mal, Micha...
C'est injuste, Maman... Je voudrais tellement t'aider !
Tu sais, mon cancer, c'est la mort de Lochka qui l'a déclenché, c'est sûr.
Il est temps que je parte ...

Ne t'inquiète pas, ma chérie, je vais aller rejoindre ton frère et tous ceux que j'ai aimés aussi.
Tu vas guérir, Maman... pour moi !
Ton mari a perdu sa mère il y a quelques semaines... Vous allez vous épauler, tous les deux.
Moi, j'ai eu ma vie... Une sacrée vie... incroyable !
Mais je ne sais rien de toi ! Je veux que tu me racontes !
Je ne veux pas te voir partir sans te connaître...
J'ai besoin de savoir !
D'accord, Micha, je vais essayer pour toi. Et ça me fera peut-être du bien de me replonger dans mes souvenirs, d'oublier un peu la maladie.
Prends ton temps, Maman. Je t'écoute !
Je suis née le 18 mai 1904 à Kharkov, dans une famille modeste. J'étais la benjamine mais pas la moins dégourdie...

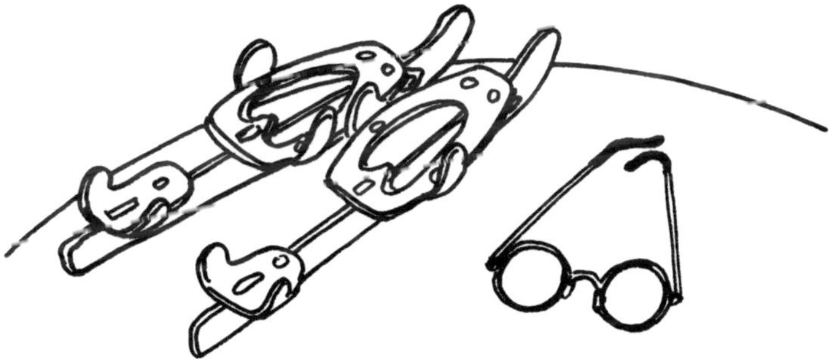

ENFANCES

KHARKOV, 1910.
JE DÉTESTE LE 8, MAIS LE 7 EST MON CHIFFRE PORTE-BONHEUR.
ALORS, J'AI DÉCIDÉ QUE J'ÉTAIS NÉE LE 17.
MAIS TU NE PEUX PAS...
OHÉ ! C'EST L'HEURE, ON RENTRE !!

VIENS VOIR DEHORS, SIS...
BIENTÔT LE PRINTEMPS, ET LES LILAS.
ALLEZ, LES ENFANTS, C'EST SAMEDI, AU BAIN !
J'EN AI ASSEZ DE ME LAVER DERRIÈRE TOUT LE MONDE, DANS DE L'EAU SALE...
AU MOINS TU PASSES AVANT LA LESSIVE.
BÊÊRK !

AÏE!
ET CES GALOCHES TROP GRANDES QUE PAUL ET TOI AVEZ DÉJÀ PORTÉES...
JE PASSE TOUJOURS EN DERNIER POUR TOUT.
ARRÊTE DE GEINDRE, VIENS DÎNER.
BERK. C'EST PAS BON, J'AIME PAS ÇA.
CHHT.
ALLONS, DÉPÊCHEZ-VOUS AVANT QUE VOTRE PÈRE NE RENTRE.
SIS, METS LA VODKA SUR LE BORD DE LA FENÊTRE.
CE SOIR, IL A DU BORTSCH ET DES PIROJKIS...
ÇA DOIT ÊTRE BON...
LALA LA LALA

DÉPÊCHEZ-VOUS, VOILÀ VOTRE PÈRE !!
ALLEZ, ALLEZ, AU LIT.
QUE J'AI FROID !
CHUT... ÉCOUTEZ...
ILS SE DISPUTENT...

TU RENTRES ENCORE SAOUL ! D'OÙ VIENS-TU ? MOI JE SUIS LÀ, À T'ATTENDRE...
JE TORCHE TES ENFANTS, JE NETTOIE TES...
MAIS TU VAS TE TAIRE ??
TAIS-TOI !
TAIS-TOI !
JE CROIS QU'ELLE EST ENCORE GROSSE. IL VA REPARTIR.
MAIS POURQUOI IL LA TAPE COMME ÇA ??
ET POURQUOI ELLE LE LAISSE FAIRE ?
ELLE L'AIME... ET PUIS, JE SUPPOSE QUE C'EST COMME ÇA... C'EST L'HOMME.
JE NE COMPRENDS PAS ÇA !
MOI, JAMAIS UN HOMME NE LÈVERA LA MAIN SUR MOI... JE RENDRAI COUP POUR COUP !

HA
HA
AHAH
AHA A
CHUT, LES ENFANTS POURRAIENT NOUS ENTENDRE...
KLAVDIA ! QU'EST-CE QUE TU FAIS ?
AH ! FICHE-MOI LA PAIX, J'ÉCOUTE !
IL FAUT QUE JE RETOURNE VOIR UNE FAISEUSE D'ANGES...
N'ALLEZ PAS CHEZ N'IMPORTE QUI ! OLGA, LA PETITE OLGA IVANOVNA, VOUS SAVEZ... ELLE EST MORTE D'INFECTION...

SA VOISINE M'A TOUT RACONTÉ ! ILS L'ONT EMMENÉE À L'HÔPITAL. ELLE HURLAIT COMME UN COCHON QU'ON ÉGORGE !
LES DOULEURS SONT ENCORE PIRES QUE POUR ACCOUCHER.
MOURIR COMME ÇA... C'EST HORRIBLE.
CE QUI EST ENTRÉ, IL FAUT BIEN QUE ÇA SORTE...
ET C'EST DE PLUS EN PLUS CHER !
JE N'AI PAS LE CHOIX. GEORGES EST DÉGOÛTÉ QUAND JE SUIS GROSSE...
IL RESTE PARFOIS PARTI DES SEMAINES, JE NE LE SUPPORTE PAS...
MOI ÇA M'ARRANGERAIT BIEN QUE MON MARI S'EN AILLE QUELQUES SEMAINES !
IL N'EN A JAMAIS ASSEZ. IL VIENT MÊME ME SECOUER PENDANT QUE JE CUISINE !
AH AH AH AH AH AH AH AH

MOI, MON MARI VA VOIR DES PUTAINS, À LA MOINDRE OCCASION…
MAIS COMMENT FONT-ELLES, CES GARCES, POUR NE PAS ATTRAPER DE BÉBÉS ?
J'AI ENTENDU PARLER D'UNE HERBE…
LES TISANES, ÇA NE MARCHE PAS DU TOUT…
IL PARAÎT QUE LES BAINS DE SIÈGE AU PERMENGANATE DE POTASSIUM, C'EST SOUVERAIN…
QUELLES RUINES !
JE NE SERAI JAMAIS COMME ELLES, JAMAIS !
AAAAH ! JE SUIS RASPOUTINE ! LE MOINE DIABOLIQUE À LA LANGUE VIOLETTE !!
AAAAAH ! AHAHAH !
VOUS AVEZ ÉCOUTÉ AUX PORTES, JE VAIS VOUS FOUETTER AVEC MON GRAND KNOUT !!
HA HA HA !!
HA HA HA !!

EUDOXIE !! LES ENFANTS ! J'AI UNE GRANDE NOUVELLE !!
GEORGES ! QUE SE PASSE-T-IL ?? TOUT VA BIEN ??
NOUS ALLONS PARTIR ! LOIN, TRÈS LOIN D'ICI !!
QU'EST-CE QUE TU RACONTES...?
J'AI ÉTÉ NOMMÉ À KHABAROVSK.
EN SIBÉRIE, SUR LE FLEUVE AMOUR...
JE DEVRAI SURVEILLER LES TRAVAUX DU PROLONGEMENT DU TRANSSIBÉRIEN VERS LA CHINE.
À LA FRONTIÈRE DE LA MANDCHOURIE.
C'EST UNE BELLE PROMOTION...
QUAND ALLONS-NOUS PARTIR ?
TRÈS VITE. DANS UN MOIS !
UN MOIS !
UN MOIS POUR TOUT PRÉPARER !

JE NE SUIS PAS FÂCHÉ DE PARTIR, LE PEUPLE GRONDE... LA RÉVOLUTION GUETTE...
IL Y A DES OUVRIERS QUI ONT ÉTÉ FUSILLÉS POUR DES BROUTILLES.
NOUS SERONS MIEUX LÀ-BAS.
ÇA VA ÊTRE UN BAIN DE SANG...
JE VAIS PRENDRE LE TRAIN ! J'AI 8 ANS ET JE VAIS PRENDRE LE TRAIN !!
JE NE POURRAI JAMAIS ATTENDRE UN MOIS !!
HAHAHA ! IL FAUDRA POURTANT BIEN !
MAMAN... LÀ-BAS... NOUS IRONS À L'ÉCOLE ?
À L'ÉCOLE ? QUELLE IDÉE !
MAIS JE VEUX Y ALLER ! ET SIS AUSSI.
POUR QUOI FAIRE, GRANDS DIEUX ? INUTILE DE SAVOIR LIRE ET ÉCRIRE POUR FAIRE DES ENFANTS, CROIS-MOI.
UNE FILLE, C'EST FAIT POUR SE MARIER ET S'OCCUPER DE SON MARI.
TIENS, NETTOIE DONC LE PLACARD, ÇA C'EST UTILE.
MAMAN ! JE VEUX ALLER À L'ÉCOLE ! PROMETS QUE NOUS IRONS...

VENEZ, LES ENFANTS, LES COMPARTIMENTS DE TROISIÈME CLASSE SONT LÀ-BAS...

DÉPÊCHONS ! ÇA VA PARTIR...
PAUL, ASSIEDS-TOI LÀ !
IL FAUDRA CHANGER DE TRAIN À MOSCOU.
PAPA, ON POURRA VISITER MOSCOU ?
ON VERRA. TENEZ-VOUS TRANQUILLES !
ÇA Y EST, ON PART...
BIENTÔT, CE SERONT LES CHAMPS DE BLÉ.
C'EST... SI IMMENSE...

TU VOIS LÀ-BAS, CE SONT DES TREMBLES. ET LÀ, DES AULNES.
ET CEUX-LÀ, AVEC LES TACHES...?
DES BOU-LEAUX.
CE SONT EUX QUE JE PRÉFÈRE !
ALLEZ, VENEZ MANGER.
JE N'AI PAS FAIM, J'AIME MIEUX REGARDER.
TU AURAS BIEN LE TEMPS ! ON DOIT PASSER 2 JOURS ET 2 NUITS ICI AVANT D'ATTEINDRE MOSCOU !
ATTENTION À NE RIEN RENVERSER, ET À NE PAS VOUS TACHER, OU GARE À VOUS !
HHH... J'AI DÉJÀ LES REINS EN MIETTES...

ET ÇA, PAPA, C'EST QUELLE SORTE D'ARBRE ?
HM... ? DES SAULES... TAIS-TOI UN PEU, ESSAIE DE DORMIR...
ON NE VA PAS VISITER MOSCOU??
LE TRAIN A EU DU RETARD, ON N'A PAS LE TEMPS, KLAVDIA !
ALLEZ, LES ENFANTS, COUREZ !!
CE N'EST PAS DE CHANCE, MAIS LE TRANSSIBÉRIEN N'ATTEND PAS...
ON REVIENDRA PEUT-ÊTRE UN JOUR À MOSCOU... ALLEZ, VIENS VITE !!

C'EST LA FORÊT MAINTENANT. ÇA CHANGE, N'EST-CE PAS ?
ET LÀ, QU'EST-CE QUI EST ÉCRIT, PAPA ?
BALE-SINO...
OMSK.
KRAS-NOÏARSK.
C'EST LA TAÏGA, KLAVDIA.
LA TAÏGA...
CALMEZ-VOUS !! IL VA Y AVOIR UN ARRÊT !
NE VOUS ÉLOIGNEZ PAS TROP ! ET AT-TENTION À LA CLOCHE !
VENEZ VOIR ! DE L'EAU QUI N'A PAS GELÉ !

DONG! DONG!
VITE, LE TRAIN REPART !
JE VAIS VOIR LE CONDUCTEUR, C'EST UN AMI.
À TOUT À L'HEURE.
JE VAIS... AUX TOILETTES. TENEZ-VOUS TRANQUILLES.
TU PARLES, ELLE VA LE CHERCHER, OUI !
IL A DÛ TROUVER UNE FEMME À SON GOÛT QUELQUE PART, IL N'A PAS PASSÉ 10 MINUTES ICI DEPUIS IRKOUTSK !!
ON ARRIVE !

CE SONT... DES CHINOIS...?
JE CROIS, OUI.

C'EST ICI QUE NOUS ALLONS HABITER. TOUTES CES MAISONS SONT POUR LES GENS DU CHEMIN DE FER ET LEURS FAMILLES.
C'EST BIEN. JE TROUVE ÇA PLUS AGRÉABLE QUE NOTRE ANCIENNE RUE!

IL VA FALLOIR QUE TU TE DÉPLACES BEAUCOUP POUR TON TRAVAIL ?
SANS DOUTE, SANS DOUTE…
TOC
TOC
TOC
SIS, VA OUVRIR.
BONJOUR, JE SUIS POLIKSENA, VOTRE VOISINE…
JE SUIS EUDOXIE, ENCHAN-TÉE.
POUVONS-NOUS VOUS INVITER À PRENDRE LE THÉ ?
POUR FAIRE CON-NAISSANCE…
MON MARI ET MOI HABITONS LA MAISON JUSTE À CÔTE.
AVEC PLAISIR !
JE SENS QUE NOUS ALLONS ÊTRE BIEN, ICI.

ICI, C'EST LE COMMERCE DE FOUR-RURES...
LE CHEMIN DE FER VA TOUT CHANGER.
ET LES ENFANTS, ILS VONT ALLER À QUELLE ÉCOLE ?
MOI JE NE VEUX PAS ALLER À L'ÉCOLE. JE VEUX TRAVAILLER !
... AU CHEMIN DE FER, COMME PAPA...
AHAH! MON FILS!

ILS N'ONT PAS BESOIN D'ALLER À L'ÉCOLE...
MAMAN ! TU AVAIS PROMIS !!
JE VEUX APPREN-DRE !
APPRENDRE QUOI ? TU AS BESOIN DE SAVOIR QUOI POUR TE MA-RIER ?
TU AS PROMIS ! TU AS PROMIS QUE NOUS IRIONS À L'ÉCOLE ICI !
PAUL N'A QU'À FAIRE CE QU'IL VEUT ! MAIS NOUS, NOUS VOULONS ALLER À L'ÉCOLE !!
ELLES ONT RAISON, VOUS SAVEZ, LES TEMPS CHANGENT, IL FAUT VIVRE AVEC SON ÉPOQUE.
ÇA NE SERT À RIEN. ÇA VA COÛTER PLUS QUE ÇA NE VAUT !
NOUS CONNAISSONS UNE ÉCOLE TRÈS BIEN, PAS CHÈRE... N'EST-CE PAS, POLIKSENA ?
MAIS OUI, LAISSEZ-NOUS LES PRÉSENTER, VOUS VERREZ...

BRAVO, KLAVDIA, C'ÉTAIT TRÈS JOLI.

KLAVDIA, TU ES VRAIMENT LA MEILLEURE EN CHANT...
ET EN RÉCITATION !
MERCI LOLIA...
TU ES AUSSI LA PLUS REGARDÉE.
ET TOI LA PLUS JALOUSE, SIS...
BIEN SÛR.
ALLEZ, NE BOUDE PAS.
TU ES MEILLEURE QUE MOI EN ORTHOGRAPHE, EN MATHÉMATIQUES...
LAISSE-MOI TRANQUILLE.

BRAVO, KLAVDIA, TU AS VRAIMENT MÉRITÉ LE PRIX! MÊME SI SIS NE L'ADMETTRA JAMAIS...
J'AI TELLEMENT MAL AU VENTRE...
ÇA NE S'ARRÊTE JAMAIS.
C'EST NORMAL, AVEC TOUS VOS AVORTE...
CHUT, VOILÀ MES FILLES...
MAMAN, J'AI EU LE PREMIER PRIX EN CHANT!
C'EST BIEN, C'EST... BIEN.
VIENS LÀ... FAIS-MOI VOIR TA MANCHE...
AH NON, J'AI CRU... QU'IL Y AVAIT UNE TACHE...

PFFF, C'EST DE L'ARGENT GASPILLÉ, CETTE ÉCOLE.
QUI A BESOIN D'UN PRIX POUR CHANTER ?
PAPA N'EST PAS LÀ CE SOIR ?
QU'EST-CE QUE J'EN SAIS, MOI? FICHEZ LE CAMP, J'AI DU TRAVAIL!
J'EN AI ASSEZ DE SON HUMEUR DE CHIEN.
C'EST PARCE QUE PAPA N'EST JAMAIS LÀ EN CE MOMENT.
ET ALORS ? NOUS N'Y SOMMES POUR RIEN.
ET PUIS ELLE EST PÉNIBLE À RABÂCHER QUE L'ÉCOLE, C'EST DE L'ARGENT PAR LES FENÊTRES.
ELLE NE VEUT JAMAIS RIEN DE BIEN POUR NOUS.

HEUREUSEMENT JE SUIS BELLE... LES GARÇONS, EUX, ME VEULENT DU BIEN.
KLAVDIA, SIS... VOUS VENEZ PATINER ? LE FLEUVE EST TOUT GELÉ !
AAAAAH!

AH!
MAIS FAIS DONC
ATTENTION,
IMBÉCILE!
AÏE!
AAA-
AH!!!
IL L'A FAIT
EXPRÈS, CET
ÂNE!
QUELS
CRÉTINS!
IL EST TARD, ALLONS-Y
SI NOUS VOULONS PASSER
À LA FOIRE.
DÉPÊCHONS-
NOUS!

QUE C'EST BEAU...
LES CHINOIS AUSSI SONT BEAUX... SI ÉNIGMATIQUES.
AH, TU TROUVES?
VOILÀ QUI M'INTÉRESSERAIT PLUS! OU ÇA...
HMMM, SI J'AVAIS SEULEMENT UN PETIT SOU...
QUAND JE SERAI GRANDE, MOI JE SERAI RICHE!
JE POURRAI M'ACHETER TOUT CE QUE JE VEUX!
TOUT!
ET TU M'ACHÈTERAS PLEIN DE CHOSES À MOI AUSSI!
ALLEZ, VIENS VITE, ON VA SE FAIRE GRONDER!!

AH, VOUS VOILÀ.
IL EST TEMPS D'ALLER
À L'ÉGLISE.
JOYEUSES
PÂQUES.
JOYEUSES
PÂQUES À VOUS,
EUDOXIE
IECENIN.

TU VEUX DU KOULICH?
HM... LES CHOSES VONT MAL LÀ-BAS, À MOSCOU.
DÉCIDÉMENT JE SUIS CONTENT QUE NOUS SOYONS PARTIS LOIN DE TOUT ÇA.
ÉCOUTEZ ÇA! RASPOUTINE EST MORT! ASSASSINÉ!
LE MOINE DIABOLIQUE???
OUI, CE DÉBAUCHÉ AMI DE LA TSARINE...
EN TOUT CAS, IL AVAIT UNE FORCE DIABOLIQUE, C'EST CERTAIN!
ILS L'ONT EMPOISONNÉ, ILS LUI ONT TIRÉ DESSUS...
IL AURAIT DÛ MOURIR DIX FOIS.
ILS ONT FINI PAR LE NOYER, NON SANS MAL.

MAMAN N'EST PAS LÀ?
ELLE EST ENCORE PARTIE CHERCHER PAPA.
ÇA FERA BIENTÔT TROIS SEMAINES QU'IL EST PARTI...
VOUS CROYEZ QUE C'EST POUR DE BON, CETTE FOIS?
TU DIS ÇA COMME SI ÇA NE TE FAISAIT RIEN!
QU'EST-CE QUE ÇA DEVRAIT ME FAIRE ?

QUELLE SANS-CŒUR... MÉCHANTE.
QUE VEUX-TU QUE J'Y FASSE ? ÇA M'EST ÉGAL...
IL EST PARTI AVEC UNE FEMME... JE LE SENS...
PERSONNE NE ME LE PRENDRA, J'IRAI LE CHERCHER !
REGARDE-LA... TU N'AS MÊME PAS UN PEU PITIÉ ?
NON. ELLE L'A CHERCHÉ.
AU MOINS, ELLE NE NOUS CRIE PLUS DESSUS.
J'AI FAIM, VIENS, FAISONS À MANGER.

RÉVEILLEZ-VOUS... JE DOIS PARTIR. JE VAIS ALLER CHERCHER VOTRE PÈRE. IL EST À KHARBIN.
POLIKSENA VOUS NOURRIRA, JE LUI AI DONNÉ DE QUOI.
C'EST OÙ, KHARBIN ?
C'EST LOIN?
TU PARS EN TRAIN ?
TU PARS POUR LONGTEMPS?
JUSQU'À CE QUE JE LE TROUVE...
JE VIENDRAI CE SOIR VOUS APPORTER À DÎNER, LES ENFANTS. À TOUT À L'HEURE.
CELA VA FAIRE 20 JOURS.
ET PUIS ALORS, QUOI? NOUS SOMMES BIEN, TOUS LES TROIS, NON?
MAMAN AVAIT DIT UNE SEMAINE OU DEUX. ET ON N'A AUCUNE NOUVELLE.

BONSOIR.
BONSOIR MADAME !
ÇA VA ALLER, LES ENFANTS ?
OH OUI !! C'EST DÉLICIEUX, MADAME.
COMME TOUJOURS.
BONNE NUIT, À DEMAIN.
BIENTÔT IL N'Y AURA PLUS D'ARGENT POUR NOUS, VOUS VERREZ.
ATTENDONS QUE LA VOISINE NOUS EN PARLE.
ELLE EST GENTILLE, ELLE NE NOUS ABANDONNERA PAS.
PAPA ET MAMAN NE VONT PLUS TARDER MAINTENANT. ET ALORS NOUS REGRETTERONS NOTRE TRANQUILLITÉ.
J'ESPÈRE QUE VOUS AVEZ RAISON.

MAIS QUE SE PASSE-T-IL ?
QU'EST-CE QUE C'EST QUE TOUT CE MONDE ?
VOUS NE SAVEZ PAS ? LA RÉVOLUTION A ÉCLATÉ !!!
IL Y A DES ÉMEUTES PARTOUT, TOUT VA ENFIN CHANGER !!!
IL N'Y A PAS ÉCOLE ! LES CLASSES SONT RÉQUISITIONNÉES.
TOUTE LA JOURNÉE ?
PIRE ! JUSQU'À NOUVEL ORDRE...
IL PARAÎT QU'IL Y A EU DES MASSACRES TERRIBLES.

ON TORTURE LES GENS, ET APRÈS ON LES PEND !! COMME ÇA, SANS PROCÈS...
VOUS VOILÀ. IL FAUT QU'ON PARLE ! VENEZ CHEZ NOUS.
AH ! BONJOUR LES ENFANTS... DITES-MOI...
VOUS N'AVEZ TOUJOURS PAS REÇU DE NOUVELLES DE VOS PARENTS ?
NON... NOUS VOUS L'AURIONS DIT, MONSIEUR...
BIEN SÛR, BIEN SÛR...
C'EST EMBÊTANT...
VOTRE MÈRE NOUS AVAIT CONFIÉ UN PEU D'ARGENT POUR VOUS NOURRIR MAIS... IL N'Y A PLUS RIEN.
ON N'A PLUS AUCUNE NOUVELLE... ON NE SAIT MÊME PAS S'ILS SONT VIVANTS, OU MORTS...
NOUS NE POUVONS PLUS VOUS ENTRETENIR, NOUS NE SOMMES PAS RICHES.

NE VOUS EN FAITES PAS, ÇA VA ALLER.
PAPA ET MAMAN REVIENDRONT BIENTÔT...
DORMEZ, DEMAIN TOUT S'ARRANGERA, VOUS VERREZ.
TU DIS ÇA DEPUIS DES SEMAINES!
ET S'ILS SONT MORTS??
QU'EST-CE QU'ON VA DEVENIR?
OUVREZ! ALLONS, OUVREZ!
BAM
BAM
BAM
VOS PARENTS NE SONT PAS LÀ?
NON, MONSIEUR. ILS SONT EN VOYAGE...
BON...
ÉCOUTE, MON GRAND... LES LOYERS N'ONT PAS ÉTÉ PAYÉS DEPUIS LONGTEMPS.
IL FAUT PAYER AUJOURD'HUI, SINON...
MAIS... NOUS... NOUS N'AVONS PAS D'ARGENT.

ALORS, DÉSOLÉ LES ENFANTS, IL VA FALLOIR PARTIR.
LA MAISON EST À LA COMPAGNIE.
VOYONS CE QUE VOUS AVEZ LÀ-DEDANS...
HM... IL N'Y A PAS GRAND-CHOSE... LES MEUBLES...
KOSTIA, ON PREND L'HORLOGE, LÀ...
NOUS REVIENDRONS DEMAIN.
JE NE VEUX PLUS DE VOUS ICI, VOUS DEVEZ PARTIR, C'EST BIEN CLAIR?
ET N'EMPORTEZ RIEN, IL VA FALLOIR TOUT VENDRE, POUR PAYER VOS DETTES.

ON NE PEUT PAS LES LAISSER COMME ÇA... PAUVRES GOSSES...
TU RAMASSERAIS TOUS LES CHIENS PERDUS, TOI...
NOUS N'AVONS DÉJÀ PAS BEAUCOUP POUR NOUS.
ON PEUT LES LOGER AU GRENIER... ON NE VA QUAND MÊME PAS LES LAISSER CREVER DANS LA RUE!
J'AI FAIM, J'AI FROID...
AU MOINS NOUS AVONS UN TOIT.
JE VAIS CHERCHER DU TRAVAIL, NOUS AURONS AUSSI À MANGER.
MON DIEU, JE VOUS EN SUPPLIE, FAITES QUE NOS PARENTS REVIENNENT...
J'AI TELLEMENT PEUR !!

KLAVDIA, TU VAS TE FAIRE PRENDRE!
J'AI TROP FAIM, LAISSE-MOI!
LA VOLEUSE!! LA SALE PETITE VOLEUSE!
NON! PITIÉ! ARRÊTEZ...
SALETÉ!! VIPÈRE!! JE VAIS T'APPRENDRE À VOLER, MOI!!
PARDON, JE VOUS DEMANDE PARDON...
NE LA FRAPPEZ PAS!
ET TOI! TU EN MÉRITES AUTANT, PETITE GARCE, TIENS!!
CLAC!

J'AVAIS TELLEMENT FAIM... PARDON...
VOUS NE VOUS EN SORTIREZ PAS SI FACILEMENT, VOLEUSES!
NOS PARENTS VONT REVENIR TRÈS VITE MAINTENANT...
VOS PARENTS? AH AH AH! ILS SONT MORTS À L'HEURE QU'IL EST, VOUS POUVEZ ME CROIRE!
QUE SE PASSE-T-IL ICI??
LA PETITE EST VENUE VOLER DU PAIN!
JE VEUX QU'ON SE DÉBARRASSE D'EUX, ON N'A PAS LES MOYENS DE LES ENTRETENIR.
ON NE PEUT PAS FAIRE ÇA, VOYONS... ON EN A DÉJÀ PARLÉ.
ET PUIS, CE N'EST QUE JUSQU'AU RETOUR DE LEURS PARENTS.
LEURS PARENTS? MAIS RÉFLÉCHIS UN PEU, ILS SONT MORTS ET ENTERRÉS!
LA MAISON A ÉTÉ REPRISE PAR LES CHEMINS DE FER.
ALLONS, JE SUIS SÛR QU'ILS REVIENDRONT.
CLAC!
METTONS-LES À L'ORPHE...
JE SUIS LE MAÎTRE ICI, ALORS TAIS-TOI!! C'EST RÉGLÉ, ILS RESTENT!
ILS NOUS GARDENT... DIEU MERCI... ILS NOUS GARDENT...

COMMENT PEUX-TU FAIRE ÇA, KLAVDIA ??
CE SONT DES ORDURES !
J'AI FAIM !
MAIS ENFIN, SI ON TE VOYAIT... SI ON T'ATTRAPAIT ?
SI TU CROIS QUE ÇA ME FAIT PEUR ! JE N'AI... MAIS... OH, SIS !!!!
KLAVDIA ! QU'EST-CE QUI T'ARRIVE ?
J'AI TRÈS MAL AU VENTRE ET...
OH... IL FAUT RENTRER.
VIENS.
MADAME, NOUS AURIONS... MA SOEUR A BESOIN DE... DE LINGES, VOUS COMPRENEZ ?
ALLONS BON.
CELA MANQUAIT !! ET VOUS ALLEZ ENSUITE ME DEMANDER DE LES FAIRE BOUILLIR.

VOUS VOUS IMAGINEZ QUE L'EAU ET LE GAZ NE COÛTENT RIEN ?!
LA PAUVRETÉ, C'EST COMME UNE MALADIE CONTAGIEUSE...
TOUTES NOS AMIES FONT SEMBLANT DE NE PAS NOUS RECONNAÎTRE !
PLUS JAMAIS... PLUS JAMAIS JE NE SERAI PAUVRE !... JE LE JURE. PLUS JAMAIS...
AAAAAAA
KLAVDIA... TU AS ENCORE FAIT UN CAUCHEMAR ? TU CRIES TOUTES LES NUITS...
MAIS VAS-TU NOUS LAISSER DORMIR, À LA FIN ??
J'AI RÊVÉ DU CHAT NOIR... QUELQU'UN VA MOURIR, SIS...
VIENS DANS MES BRAS, PETITE SOEUR... CHHHHT, CHHHT...

ILS ONT TUÉ LE TSAR!!
ET SA FEMME... SES ENFANTS!!!!!
TOUT LE MONDE!!
KLAVDIA, J'AI TROUVÉ UN JOURNAL, REGARDE!
LES BOLCHEVIKS LES ONT EMMENÉS DANS UNE CAVE, EN PLEINE NUIT...
ILS LES ONT TOUS EXÉCUTÉS À COUPS DE RÉVOLVER... MÊME LES ENFANTS...
OH MON DIEU...
ILS ONT BRÛLÉ LEURS CADAVRES ET JETÉ LEURS CENDRES DANS UNE MARE!!
TU TE RENDS COMPTE...
TOUTES CES HORREURS!!
C'EST ÇA LA RÉVOLUTION.
MAIS ÇA NE PEUT PAS DURER TOUJOURS.
MOI, J'APPRENDRAI LE FRANÇAIS, L'ANGLAIS, ET À TAPER À LA MACHINE.
JE SERAI SECRÉTAIRE, JE N'AURAI PLUS JAMAIS FAIM.
HAHAHA! ET ÇA TE SUFFIT?
MOI, JE SERAI RICHE!! TU ENTENDS?
ET JE NE PLEURERAI PLUS JAMAIS.

Tu me reproches ma dureté... C'est de là qu'elle vient.
C'est ta force aussi.
J'espère te l'avoir transmise, même si je ne voulais plus d'enfant.
J'étais surprise d'être enceinte de toi !
J'avais déjà trente ans quand tu es née, douze ans après Lochka.
C'était une grossesse... accidentelle.
Mais ton père, lui, souhaitait une petite fille. Moi, je passais mon temps à tricoter en écoutant "Whispering" de Benny Goodman.
J'aimais tant ce morceau !
Moi aussi. Voilà pourquoi j'avais l'impression de l'avoir toujours connu.
Tu sais, je pensais que tu serais comme moi, mais certainement plus chanceuse.
Je me disais : mon enfant aura une vie meilleure, dans une bonne famille. Je voulais que tu deviennes « quelqu'un ».
Une grande artiste, par exemple, comme Edwige Feuillère.

J'aurais pu être musicienne.
Oui, c'est vrai, tu jouais remarquablement du piano. Ton père aimait ça. Tu as eu une bonne éducation.
Je voulais à tout prix t'épargner la misère que j'ai connue.
Je l'ai évitée, mais j'ai vécu d'autres horreurs.
Elles m'ont marquée quand j'étais toute jeune.
Tu te souviens, au début de la guerre, près de Vichy, nous habitions une petite maison près d'un abattoir...
Quotidiennement, je voyais la violence ordinaire.
Ma pauvre Micha, le docteur dit que c'est héréditaire... Tu louches comme ton frère.
Pourtant, moi, j'ai des yeux parfaits !
Tu m'écoutes ?
¡¡¡¡¡¡¡ !
Très tôt, j'ai été bouleversée par la souffrance animale.
¡¡¡¡¡ !
Regarde, poulette, on va en saigner un autre !
HA ! HA !
Arrête de pleurnicher ! C'est quoi cette sensiblerie ?

Tu as toujours été sentimentale, ma pauvre Micha !
Et toi, rien ne semble jamais t'ébranler.
Tu as tenu ta promesse de petite fille : « NE PLUS JAMAIS PLEURER ».
Tu croyais vraiment que ça te permettrait de moins souffrir ?
La première fois que je t'ai vue craquer, c'était à Porquerolles, l'année dernière, dans mes bras...
Enfin, tu t'es accordé le droit à la « faiblesse ».
Mais je me trompe. En fait, j'avais sept ans la première fois...
QUOI ?!
Non, je n'ai jamais pleuré pendant la guerre.
Si, je m'en souviens bien !
Rappelle-toi... Encore une histoire de cochon ... à Paris, en 1942 ...

C'était la pénurie...
Les enfants ! Venez accueillir notre héros !
Papa avait réussi à contrer les restrictions alimentaires.
Un pneu contre un jambon de six kilos ! J'ai fait une sacrée affaire.
Bravo, Fred, tu es épatant !
J'avais si faim que j'en avais oublié l'abattoir et tous ces malheureux cochons.
Qui aura la première tranche ?
MOI !
Ce jambon était la promesse d'un festin.
En réalité, il fut un écœurement.
Des ASTICOTS ?!?
Mon DIEU !
Berk !
Hiiii !

Notre déception était à la hauteur de notre espérance.
Il fallait réagir, vite !
Mon pauvre Fred, tu t'es encore fait avoir !
Il fallait se battre encore.
Une fois bouilli, il sera comestible.
Nous devions avaler ce concentré de protéines animales.
J'ai pas faim.
Nous le mangerons jusqu'à la toute dernière bouchée !
Il y a eu des asticots jusque dans les placards pendant plusieurs semaines. Tu t'en souviens ?
Peu importe, l'essentiel était de se nourrir !
On ne doit jamais se laisser aller. J'ai toujours lutté et la vie m'a prouvé que j'avais raison.

Évidemment, quand on traverse la guerre, il vaut mieux s'endurcir.
Les privations, c'est insupportable.
Oui, mais le pire, c'est la peur.
La peur ? Tu l'as ressentie ? Tu étais si petite !
Bien sûr, Maman, les enfants sentent tout...
Sous l'Occupation, sans vraiment comprendre, je percevais l'angoisse latente...
Les bombardements étaient terrifiants.
Vite, à la cave !
Encore ?
La mort rôdait partout autour de nous.
Nonna va mal. On part à Nice !
Lochka, tu gardes la maison.

Malgré le danger et le chaos général, les liens du sang passaient avant tout.
Voyager était très éprouvant...
J'ai soif !
Les alertes aux bombardements se multipliaient.
TOUT LE MONDE DESCEND !
J'ai faim !
Je réalisais la gravité de la situation...
Mais d'abord, nous devions rester soudés.
EN VOITURE ! ON REPART !

Les trains, redoutant les attaques récurrentes, roulaient au ralenti en permanence.
On s'arrête ENCORE ?
Il n'y a plus rien à manger ?
Tiens, Micha, il reste quelques miettes.
J'ai connu ma plus grande frayeur à Saint-Laurent-du-Var après le passage du pont.
BOUM !
ÇA EXPLOSE !
AÏE !
ATTENTION !
MON DIEU ! Micha a reçu un éclat de métal au visage !
Nous devions absolument aller voir Nonna.
Il faut te retirer les escarbilles de charbon des yeux.
Je vais être aveugle ?!
Nous espérions tellement arriver à temps.
NONNA ?!
Elle est morte.

La vie ne fait pas de cadeaux.
J'aimais Nonna, elle était la mère que j'aurais voulue...
Alors que toi, malgré la tristesse, tu avais tes parents, tu avais la sécurité.
Ton problème, c'était le physique.
Tu te renfermais. Heureusement, la lecture, le cinéma et la musique te passionnaient. Ça compensait.
Ça compensait quoi ? Ma laideur ?!?
C'est vrai que petite, je ne me sentais pas belle à cause de mon strabisme.
Tes « amies » ne manquaient pas de le souligner. J'entendais leurs commentaires : « Comment des gens aussi beaux ont-ils pu faire une fille aussi vilaine ? »
Je trouvais du réconfort avec la musique.
Tu as du talent pour le piano, ma fille. Je t'ai trouvé une école pour parfaire ton éducation musicale.
Mais ma sensibilité artistique m'excluait encore.
Votre fille perturbe la classe. Elle raconte à ses camarades les films qu'elle voit au cinéma...
... Une précocité malsaine ! Nous ne pouvons la garder au pensionnat du couvent de la Merci.
On t'a ramenée à la maison ! C'était autrement plus facile pour toi que pour moi au même âge...

DESCENDEZ IMMÉDIATE-MENT !!
VOS PARENTS ONT ÉCRIT, ILS VONT VENIR VOUS CHERCHER !
MERCI MON DIEU, MERCI MON DIEU...
GEORGES, EUDOXIE... SOYEZ LES BIENVENUS !
QUE S'EST-IL PASSÉ ? NOUS VOUS CRAIGNIONS MORTS !
LES FRONTIÈRES ET LES COMMU-NICATIONS ÉTAIENT FERMÉES, NOUS ÉTIONS BLOQUÉS À KHARBIN.
NOUS AVONS PAYÉ DES GENS POUR VOUS PORTER DES LETTRES... POUR RIEN...

HEUREUSEMENT, NOUS VOUS SAVIONS EN DE BONNES MAINS, MES ENFANTS...
C'EST VRAI QUE NOUS NOUS EN SOMMES OCCUPÉS PENDANT 2 ANS... ÇA NOUS A COÛTÉ CHER.
NOUS VERRONS ÇA TOUT À L'HEURE, ÇA NE REGARDE PAS LES ENFANTS.
NOUS ALLONS ALLER VIVRE À KHARBIN. LÀ-BAS AU MOINS, IL N'Y A PAS LA GUERRE.
NOUS PARTIRONS À PIED TOUS LES CINQ COMME POUR UNE PROMENADE. DE TOUTE FAÇON, NOUS N'AVONS PLUS RIEN À EMPORTER...
ADIEU, ET BONNE CHANCE...
MERCI ENCORE, POUR TOUT.
ADIEU...

J'ai ressenti tant de joie et d'espoir à ce moment-là !
Je comprends. J'ai eu ce même sentiment après le couvent. C'était la LIBÉRATION pour la France... Et pour moi aussi !
En 1944, ton père a été nommé inspecteur de l'économie nationale grâce à mes relations. Enfin la SÉCURITÉ !
Tu rêves de sécurité et moi de liberté.
Tu l'as eue du jour où tu t'es fait opérer des yeux. Tu es devenue une jeune fille ravissante...
Au point qu'un photographe t'a repérée dans la rue !
Tu n'étais pas d'accord pour que je fasse des photos !
J'ai cédé.
Tant mieux, j'ai gagné de l'argent.
Ce n'était qu'une publicité pour de la brillantine !
Mais après il y a eu le Cours Simon et mon premier rôle au cinéma.
Avec ta rivale !
Brigitte ?
Oui. Tu n'avais rien à lui envier. Demongeot était aussi séduisante que Bardot.
On ne se voyait pas comme des « rivales » mais plutôt comme des sœurs dans le film de Marc Allégret.
"Futures vedettes", titre prémonitoire ! Sauf que Brigitte a mieux réussi que toi...

Mon rôle d'Abigail dans "Les sorcières de Salem" m'a tout de même apporté la consécration à 17 ans !
Il faut voir de quelle manière ! Souviens-toi du tournage avec Yves Montand...
Simone Signoret était verte de jalousie. Elle me détestait !
Non, je te parle du jour où je suis venue te voir.
Ah oui, la fameuse scène à la fin du tournage...
Raymond Rouleau était un réalisateur de talent, mais exigeant et autoritaire...
Vas-y, Yves, étrangle cette Abigail qui te fait souffrir !
Yves Montand, acteur déjà reconnu, n'hésitait pas à vivre son rôle à fond.
Plus FORT ! ENCORE !
ARRÊTEZ, ÇA SUFFIT ! Ma fille ÉTOUFFE, lâchez-la !

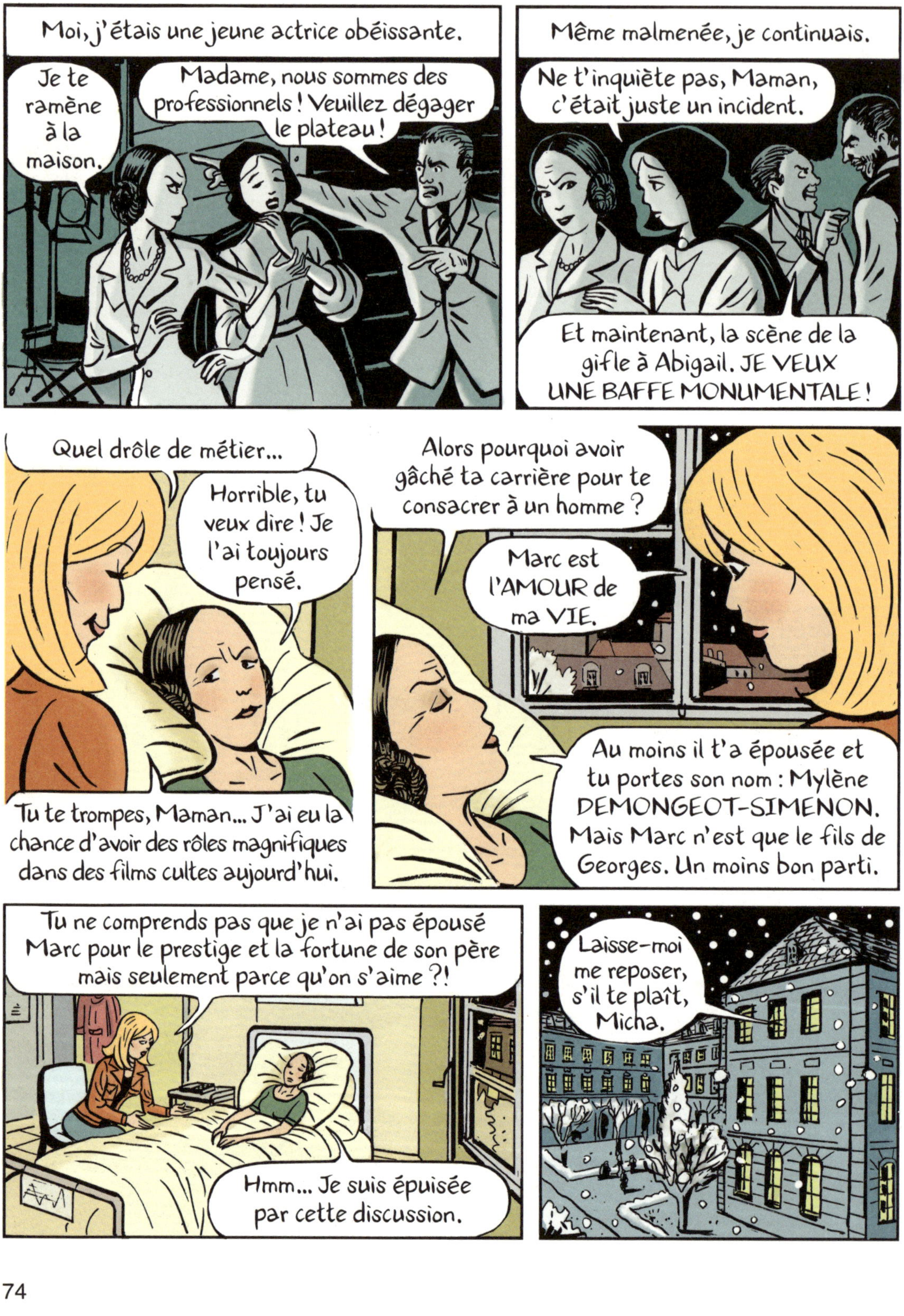

Moi, j'étais une jeune actrice obéissante.
Je te ramène à la maison.
Madame, nous sommes des professionnels ! Veuillez dégager le plateau !
Même malmenée, je continuais.
Ne t'inquiète pas, Maman, c'était juste un incident.
Et maintenant, la scène de la gifle à Abigail. JE VEUX UNE BAFFE MONUMENTALE !
Quel drôle de métier...
Horrible, tu veux dire ! Je l'ai toujours pensé.
Tu te trompes, Maman... J'ai eu la chance d'avoir des rôles magnifiques dans des films cultes aujourd'hui.
Alors pourquoi avoir gâché ta carrière pour te consacrer à un homme ?
Marc est l'AMOUR de ma VIE.
Au moins il t'a épousée et tu portes son nom : Mylène DEMONGEOT-SIMENON. Mais Marc n'est que le fils de Georges. Un moins bon parti.
Tu ne comprends pas que je n'ai pas épousé Marc pour le prestige et la fortune de son père mais seulement parce qu'on s'aime ?!
Hmm... Je suis épuisée par cette discussion.
Laisse-moi me reposer, s'il te plaît, Micha.

Il faut que tu profites un peu du soleil, Maman. Le jardin de l'hôpital est très agréable.
J'ai mal partout, Micha.
LIBERTÉ ÉGALITÉ FRATERNITÉ
J'essaie de me souvenir, mais je suis si fatiguée. Je perds la mémoire...
Ça va revenir. On va trouver des remèdes. La médecine a fait tant de progrès. Tu vas rapidement aller mieux !
Marc va bientôt arriver. En ce moment, il réalise une série pour la télévision.
Tu n'es pas dedans ?
Non, mais je suis allée à La Rochelle suivre le tournage.
Tu ne joues plus beaucoup.
Entre Porquerolles où je me suis occupée de Tigy jusqu'au bout, et Paris où je passe du temps avec toi, comment faire ?
Tu passes beaucoup de temps avec Marc, aussi...
Oui, c'est vrai, j'aide mon mari dans son travail. Je te rappelle que nous sommes producteurs associés.
Il me demande mon avis, m'écoute, suit mes conseils.
J'aime lui être indispensable ...
Comme sa bouteille !

Maman ! Ce ne sont pas tes affaires !
Je te préviens juste, ma fille. Si Marc continue l'alcool, il me rejoindra vite au cimetière.
Tais-toi, s'il te plaît. Le voilà !
Après "Les dossiers de l'agence O", j'adapte à nouveau les histoires de mon père à l'écran. On en garde le titre, "Le petit docteur", ça fera une série de six épisodes.
Et pendant ce temps, qui garde les animaux... Boule ?
Oui, elle nous est si dévouée. Elle s'est toujours occupée de Marc puis de ses enfants. Maintenant, elle prend soin de nos bêtes.
Quand retournez-vous sur votre île ?
On repart demain, mais je reviendrai pour te voir.
Nous avons loué un petit appartement à Auteuil. C'est pratique pour les allers-retours.
La lumière du Sud me manque...

Vas-y, Micha, ton mari t'attend. Il est pressé de repartir.
Tout va bien, Maman.
J'attends le médecin pour connaître son diagnostic.
Comme j'aime les lilas ! Ils me rappellent le printemps à Kharkov.
J'aimerais te raconter le reste de ma vie là-bas, mais ma mémoire flanche.
Excusez-moi...
Je suis le chef de service, c'est moi qui m'occupe personnellement du dossier de madame Claudia Demongeot.
Votre état s'est aggravé. Il nécessite un traitement plus lourd...
Pour cela, il va falloir changer d'hôpital pour démarrer une chimio-thérapie.
À quoi bon ?
Mais si, Maman, tu dois te battre !
Tu dois être forte encore.

J'ai contacté l'hôpital Henry Dunant, elle va y entrer pour un nouveau traitement la semaine prochaine.
AIR FRANCE
Ma maman ! J'ai si peur de la perdre !
C'est dur. Je pense souvent à la mienne.
Moi aussi, tu sais, j'adorais Tigy. Elle est morte... dans mes bras !
Allons nous ressourcer dans notre paradis !
Mon amour !
Mon Marco, tu ne crois pas que tu t'es assez « ressourcé » ?

AMOURS

C'EST CALME ICI, LA DOUANE SE RÉSUME À CETTE GUÉRITE...
MES AMIS M'ONT BIEN REN-SEIGNÉ.
ON NE VA PAS NOUS ARRÊTER?
EST-CE QU'ON VA POU-VOIR PARTIR, PAPA?
CHUT.
TU REGARDES LE PAYSAGE, KLAVDIA?
TU TE SOUVIENS, QUAND TU ÉTAIS PETITE, JE T'APPRENAIS LE NOM DES ARBRES...
CETTE FOIS, JE VOUDRAIS DÉJÀ ÊTRE ARRIVÉE...

KHARBIN.

SIS SUIT DES COURS, PAUL EST OUVRIER AUX CHEMINS DE FER, POURQUOI MOI JE NE PEUX PAS ALLER À L'ÉCOLE??
À TON ÂGE, C'EST TROP TARD. ET J'AI BESOIN DE TOI POUR M'AIDER À LA MAISON.
JE ME TUERAI!!
EH BIEN, TUE-TOI.
MAMAN!! JE VAIS À LA BIBLIOTHÈQUE!
BONJOUR, MADEMOISELLE. VOUS AVEZ DÉJÀ FINI "ANNA KARENINE"?
OUI... ÇA M'A BEAUCOUP PLU.

IL ROUGISSAIT PRESQUE!!
IL EST AMOUREUX DE MOI, SIS. TU TE RENDS COMPTE, UN VIEUX!
C'EST VRAI QUE JE ME SUIS BIEN REMPLUMÉE... MES CHEVEUX SONT REDEVENUS BEAUX.
Ah, mes cheveux ! C'était ma fierté...
Tu es choquée, n'est-ce pas, Micha ?
C'est temporaire, Maman, c'est la chimio.

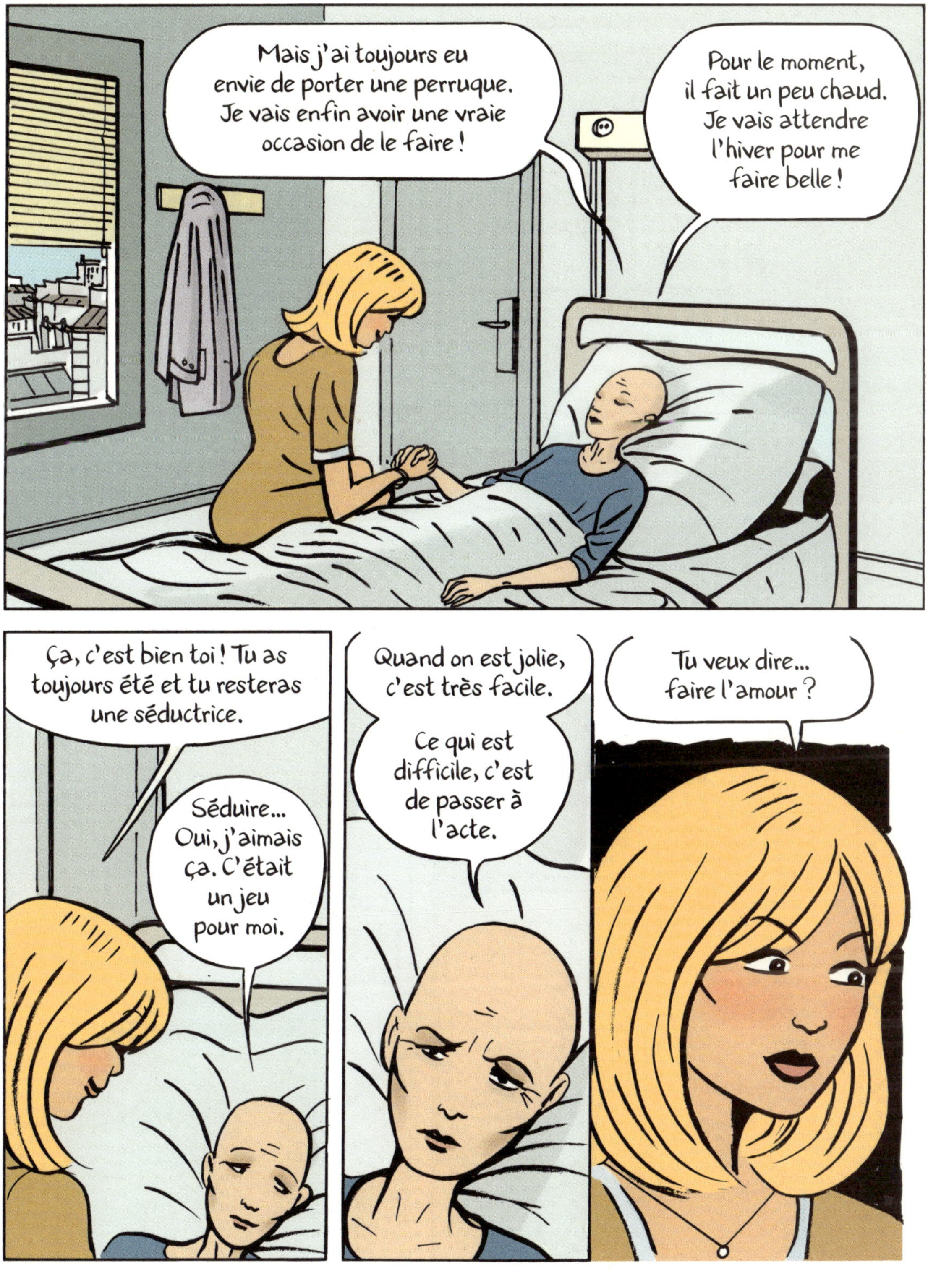
Mais j'ai toujours eu envie de porter une perruque. Je vais enfin avoir une vraie occasion de le faire !
Pour le moment, il fait un peu chaud. Je vais attendre l'hiver pour me faire belle !
Ça, c'est bien toi ! Tu as toujours été et tu resteras une séductrice.
Séduire... Oui, j'aimais ça. C'était un jeu pour moi.
Quand on est jolie, c'est très facile.
Ce qui est difficile, c'est de passer à l'acte.
Tu veux dire... faire l'amour ?

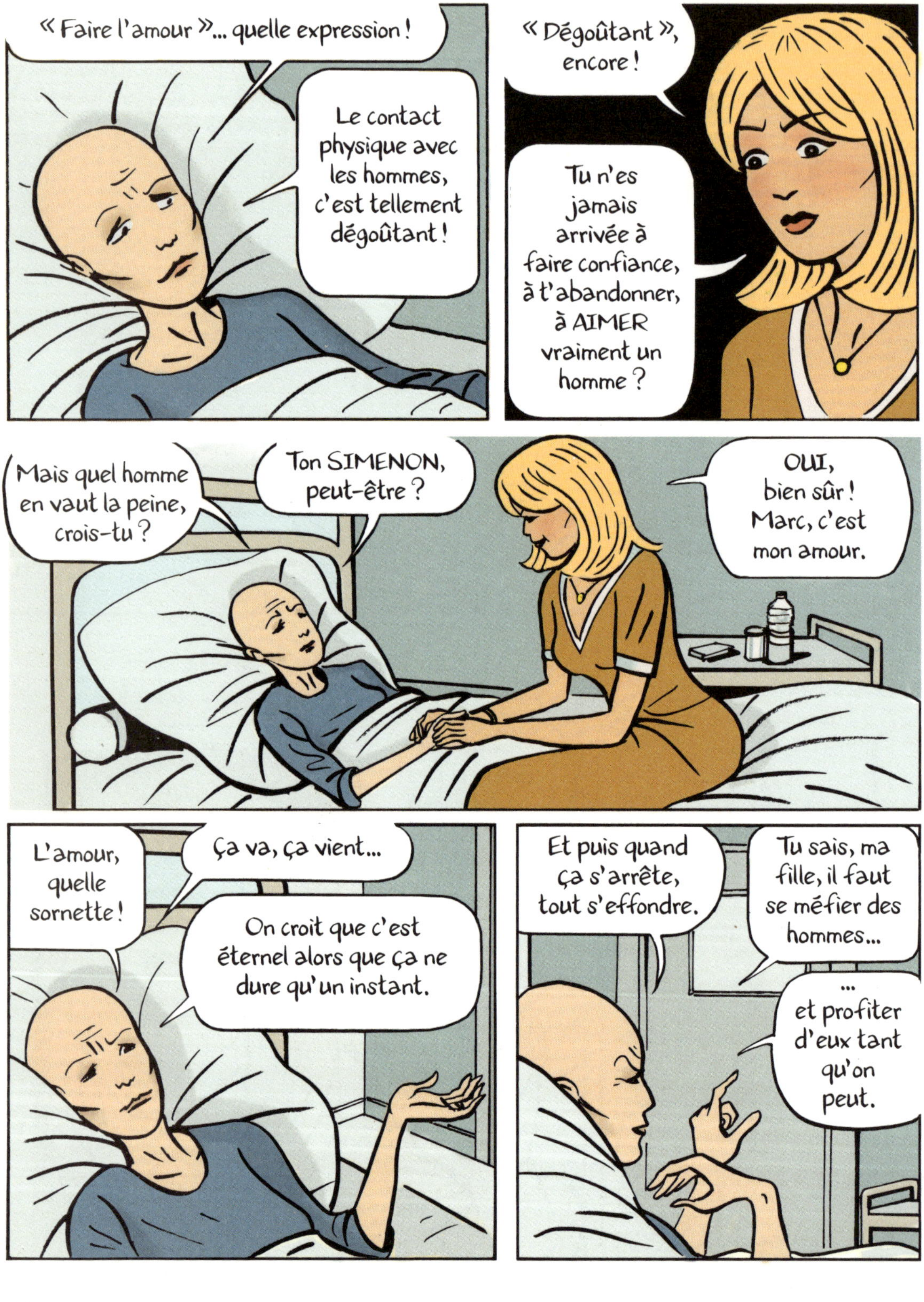
« Faire l'amour »... quelle expression !
Le contact physique avec les hommes, c'est tellement dégoûtant !
« Dégoûtant », encore !
Tu n'es jamais arrivée à faire confiance, à t'abandonner, à AIMER vraiment un homme ?
Mais quel homme en vaut la peine, crois-tu ?
Ton SIMENON, peut-être ?
OUI, bien sûr ! Marc, c'est mon amour.
L'amour, quelle sornette !
Ça va, ça vient...
On croit que c'est éternel alors que ça ne dure qu'un instant.
Et puis quand ça s'arrête, tout s'effondre.
Tu sais, ma fille, il faut se méfier des hommes...
... et profiter d'eux tant qu'on peut.

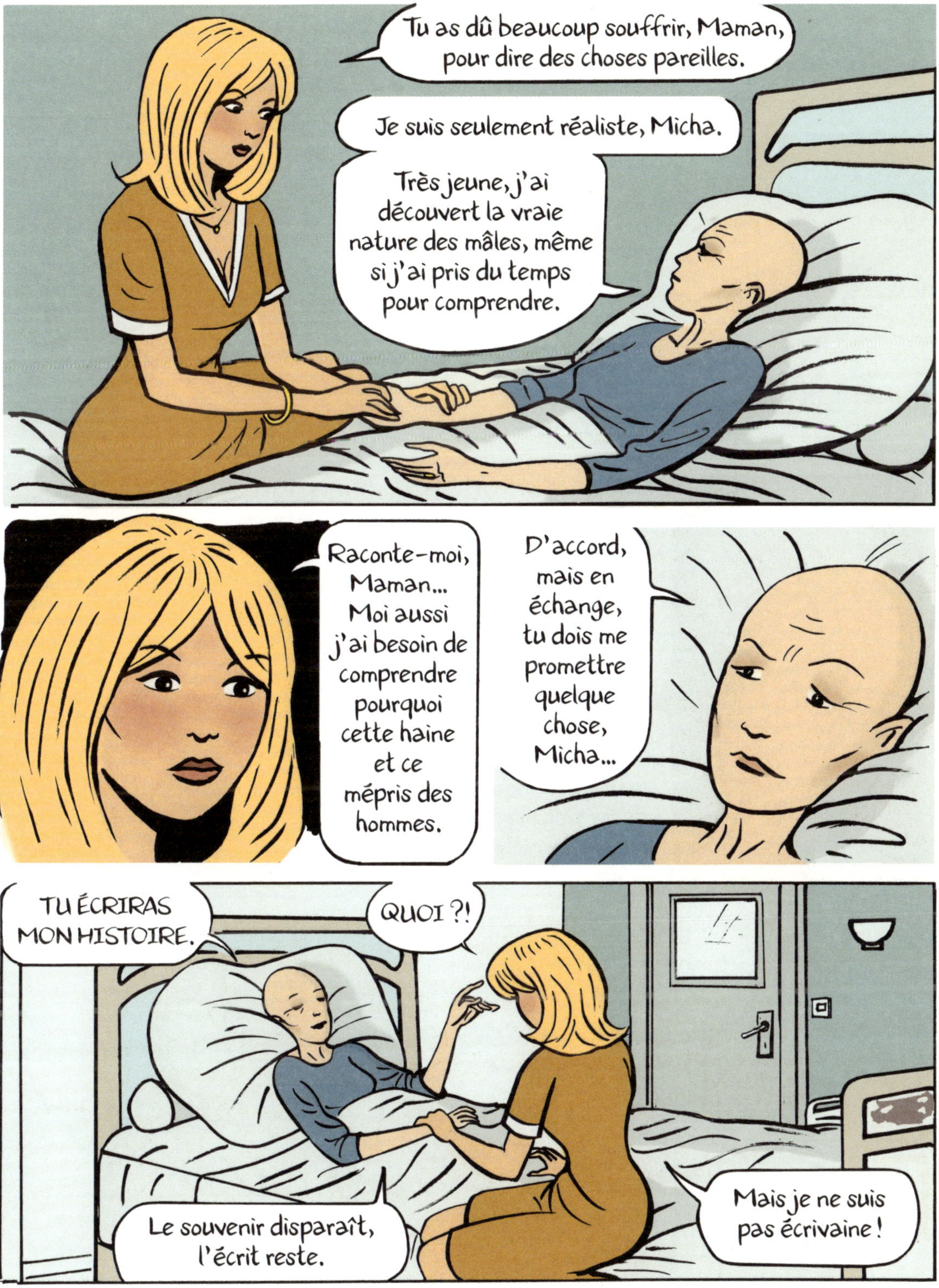
Tu as dû beaucoup souffrir, Maman, pour dire des choses pareilles.
Je suis seulement réaliste, Micha.
Très jeune, j'ai découvert la vraie nature des mâles, même si j'ai pris du temps pour comprendre.
Raconte-moi, Maman… Moi aussi j'ai besoin de comprendre pourquoi cette haine et ce mépris des hommes.
D'accord, mais en échange, tu dois me promettre quelque chose, Micha…
TU ÉCRIRAS MON HISTOIRE.
QUOI ?!
Le souvenir disparaît, l'écrit reste.
Mais je ne suis pas écrivaine !

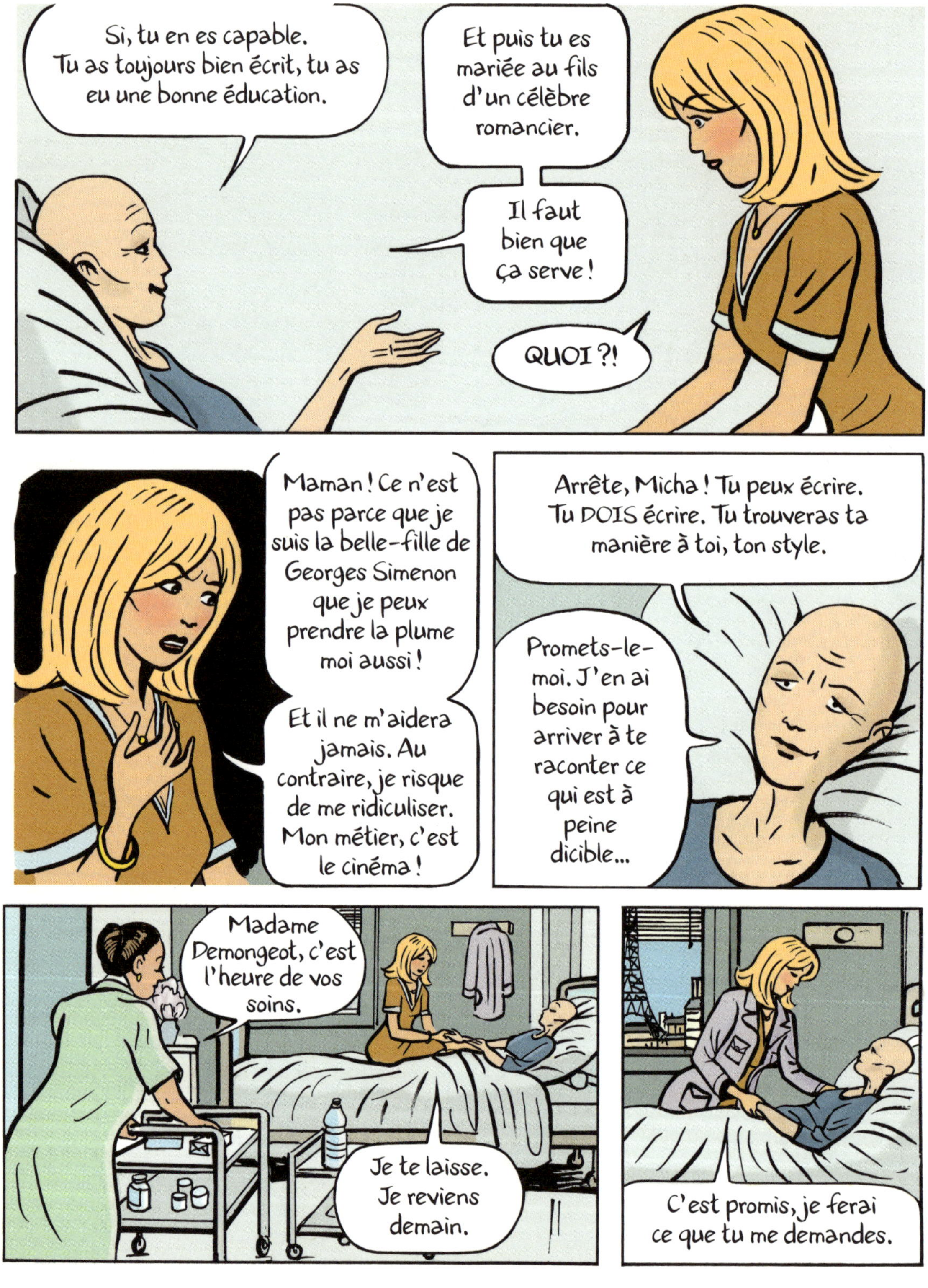
Si, tu en es capable. Tu as toujours bien écrit, tu as eu une bonne éducation.
Et puis tu es mariée au fils d'un célèbre romancier.
Il faut bien que ça serve !
QUOI ?!
Maman ! Ce n'est pas parce que je suis la belle-fille de Georges Simenon que je peux prendre la plume moi aussi !
Et il ne m'aidera jamais. Au contraire, je risque de me ridiculiser. Mon métier, c'est le cinéma !
Arrête, Micha ! Tu peux écrire. Tu DOIS écrire. Tu trouveras ta manière à toi, ton style.
Promets-le-moi. J'en ai besoin pour arriver à te raconter ce qui est à peine dicible…
Madame Demongeot, c'est l'heure de vos soins.
Je te laisse. Je reviens demain.
C'est promis, je ferai ce que tu me demandes.

Où en étais-je, Micha ?
Tu étais adolescente.
Tu coiffais tes beaux cheveux en pensant à la façon dont tu allais charmer Boris...
HÔPITAL HENRY DUNANT
J'étais encore si jeune, et si candide... Tu notes, Micha ?
AH, VOILÀ PAPA QUI RENTRE.
IL RENTRE TOUS LES SOIRS MAINTENANT, JE ME DEMANDE POURQUOI.
BONSOIR PAPA.
MA PETITE KLAVDIA, VIENS SUR LES GENOUX DE TON PAPA, MA BELLE.

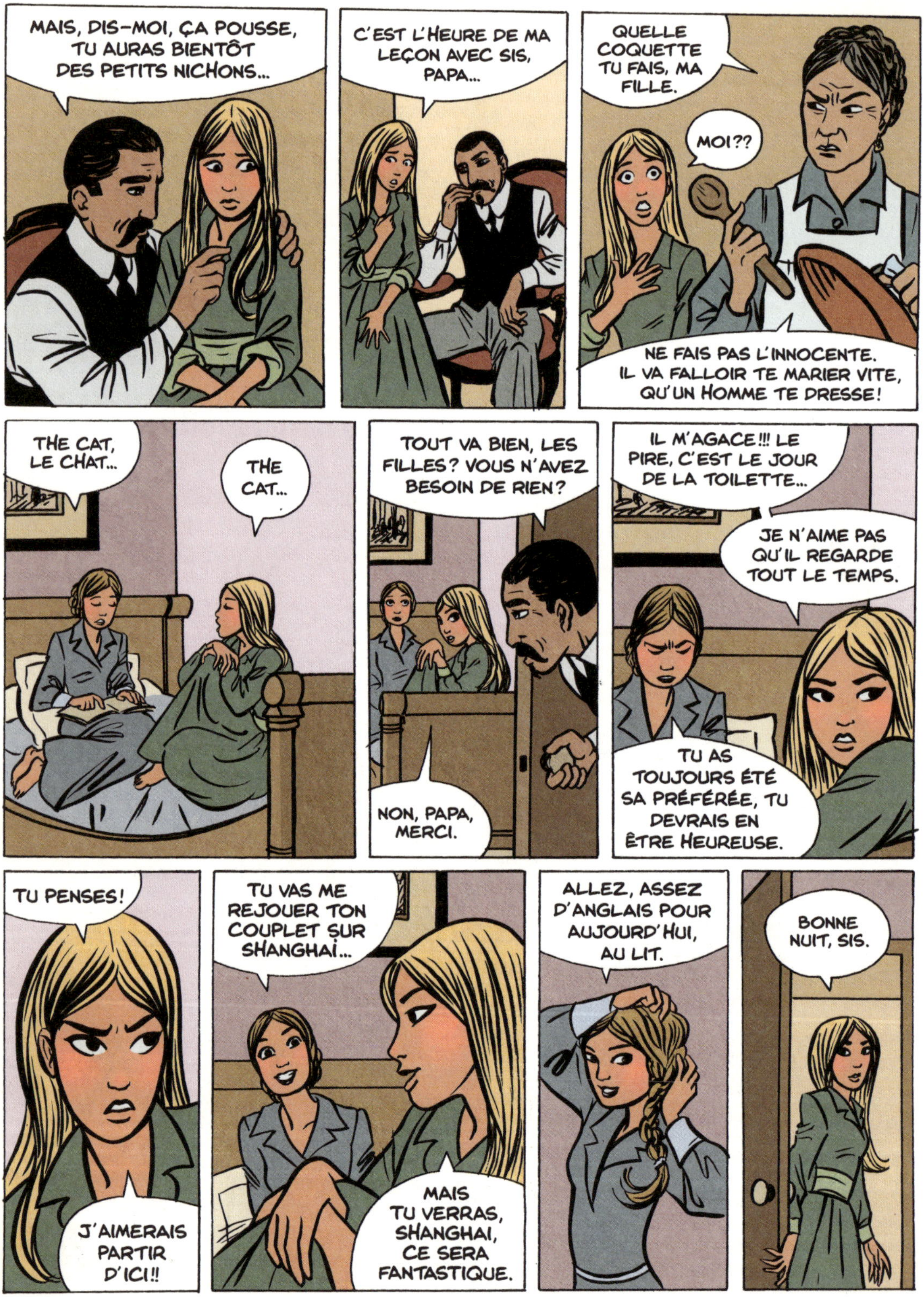
MAIS, DIS-MOI, ÇA POUSSE, TU AURAS BIENTÔT DES PETITS NICHONS...
C'EST L'HEURE DE MA LEÇON AVEC SIS, PAPA...
QUELLE COQUETTE TU FAIS, MA FILLE.
MOI??
NE FAIS PAS L'INNOCENTE. IL VA FALLOIR TE MARIER VITE, QU'UN HOMME TE DRESSE !
THE CAT, LE CHAT...
THE CAT...
TOUT VA BIEN, LES FILLES ? VOUS N'AVEZ BESOIN DE RIEN ?
NON, PAPA, MERCI.
IL M'AGACE !!! LE PIRE, C'EST LE JOUR DE LA TOILETTE...
JE N'AIME PAS QU'IL REGARDE TOUT LE TEMPS.
TU AS TOUJOURS ÉTÉ SA PRÉFÉRÉE, TU DEVRAIS EN ÊTRE HEUREUSE.
TU PENSES !
J'AIMERAIS PARTIR D'ICI !!
TU VAS ME REJOUER TON COUPLET SUR SHANGHAI...
MAIS TU VERRAS, SHANGHAI, CE SERA FANTASTIQUE.
ALLEZ, ASSEZ D'ANGLAIS POUR AUJOURD'HUI, AU LIT.
BONNE NUIT, SIS.

CHHHT, CHHHT, MA PETITE FLEUR, TU ES À MOI, JE T'AI FAITE...
BON. LÈVE-TOI, VIENS ME FAIRE DU THÉ!
NON, PAPA, NON!!!
HMMM... TU VAS VOIR, PETITE CHÉRIE, COMME C'EST BON...
ÇA VA TE PLAIRE...
PAPA!!
LÂCHE-LA. TOUT DE SUITE!

AH AH AH AH!!
IL ALLAIT... IL VOULAIT ME... OH, SIS!!!!
HEUREU-SEMENT QUE TU ES ARRIVÉE...
JE CROIS QU'IL VAUT MIEUX QUE TU DORMES AVEC MOI CETTE NUIT.
QU'EST-CE QU'ON VA FAIRE? IL FAUT EN PARLER À MAMAN...
ELLE EST SI JALOUSE! ELLE DIRA QUE JE L'AI AGUICHÉ!
JE CROIS MÊME QU'ELLE ACCEPTERA QU'IL ME FORCE, SI ÇA LUI ÉVITE DE COURIR AILLEURS...

MAMAN... JE VAIS À LA BIBLIOTHÈQUE.
BONJOUR KLAVDIA !!
KLAVDIA, ÇA NE VA PAS, MON PETIT COEUR ?
JE PEUX FAIRE QUELQUE CHOSE ?
VOUS POUVEZ TOUT ME DEMANDER...
MAIS OUI...
BIEN SÛR.
PARDON, BORIS, JE NE VOULAIS PAS VOUS PARAÎTRE DISTANTE...
C'EST QUE... JE M'ENNUIE TELLEMENT...
SAVEZ-VOUS QUE JE N'AI MÊME JAMAIS MIS LES PIEDS DANS UN RESTAURANT ?
MA CHÉRIE, SI VOUS VOULIEZ SORTIR AVEC MOI... EN TOUT BIEN TOUT HONNEUR, ÉVIDEMMENT...
IL FAUDRAIT DEMANDER LA PERMISSION À MA MÈRE...

BORIS, J'AI HONTE D'ÊTRE SI SIMPLEMENT HABILLÉE.
VOUS ÊTES LA PLUS BELLE DES FEMMES.

J'EN ÉTAIS SÛRE!! TU UTILISES MES ROBES PENDANT QUE JE SUIS AU TRAVAIL!!!
TU T'IMAGINES QUE JE M'AMUSE À FAIRE DU SECRÉTARIAT?? GARCE! JE ME LES PAIE, FIGURE-TOI!!
INUTILE D'EN FAIRE TOUTE UNE HISTOIRE.
HM...
JE TE RENDRAI TOUT ÇA AU CENTUPLE, TU VERRAS.
ET C'EST PARCE QUE TU AS TELLEMENT BON GOÛT.
IL FAUT BIEN QUE JE METTE DES ATOUTS DE MON CÔTÉ POUR CONVAINCRE BORIS DE M'ÉPOUSER...
COMME SI TU AVAIS BESOIN DE MES ROBES POUR ÇA!
CE N'EST PAS SI FACILE. FIGURE-TOI QU'IL A DÉJÀ ÉTÉ MARIÉ.
IL A UNE FILLETTE QUI EST ÉLEVÉE PAR DES PARENTS, AUX ÉTATS-UNIS.
MON DIEU, IL EST DIVORCÉ???
NON, NON, VEUF...
SI JEUNE? C'EST IN-CROYABLE.

EN TOUT CAS, IL N'EST PAS PRESSÉ DE RECOMMENCER.
JE ME DEMANDE SI JE VAIS CONTINUER À MISER SUR TOI...
COMBIEN ES-TU PRÊTE À PARIER?
AH AH AH AH AH AH!
QU'EST-CE QUI VOUS AMUSE AUTANT, MES BEAUTÉS?
RIEN, RIEN, PAPA!!
JE DOIS PARTIR D'ICI LE PLUS VITE POSSIBLE.
TU SAIS, BORIS M'A EMBRASSÉE. C'EST DÉGOÛTANT, JE TE JURE!
MAINTENANT, S'IL VEUT PLUS, IL FAUDRA BIEN QU'IL M'ÉPOUSE.
MADAME... JE SOUHAITERAIS M'ENTRETENIR AVEC VOTRE MARI.
QU'EST-CE QUE C'EST?

JE SUIS BORIS IVANTZOFF, MONSIEUR.
J'AI L'HONNEUR DE VOUS DEMANDER LA MAIN DE VOTRE FILLE KLAVDIA...
QUOI??? KLAVDIA?? MAIS ELLE EST BIEN TROP JEUNE POUR SE MARIER, VOUS ÊTES FOU!!
DÉGUERPIS, BLANC-BEC!!
D'OÙ SORT-IL, CELUI-LÀ?
S'IL OSE REMETTRE LES PIEDS ICI, JE L'ASSOMME !!!
ELLE EST BIEN EN ÂGE DE SE MARIER, ET IL N'EST PAS SI MAL !
JE VEUX L'ÉPOUSER !!
ILS S'AIMENT, PAPA...
SI TU M'EN EMPÊCHES, JE ME FERAI FAIRE UN ENFANT, TU ENTENDS ??
TU TE RENDS COMPTE DE CE QU'ELLE EST PRÊTE À FAIRE ?
ON NE PEUT PAS LA GARDER ICI TOUTE SA VIE, GEORGES...

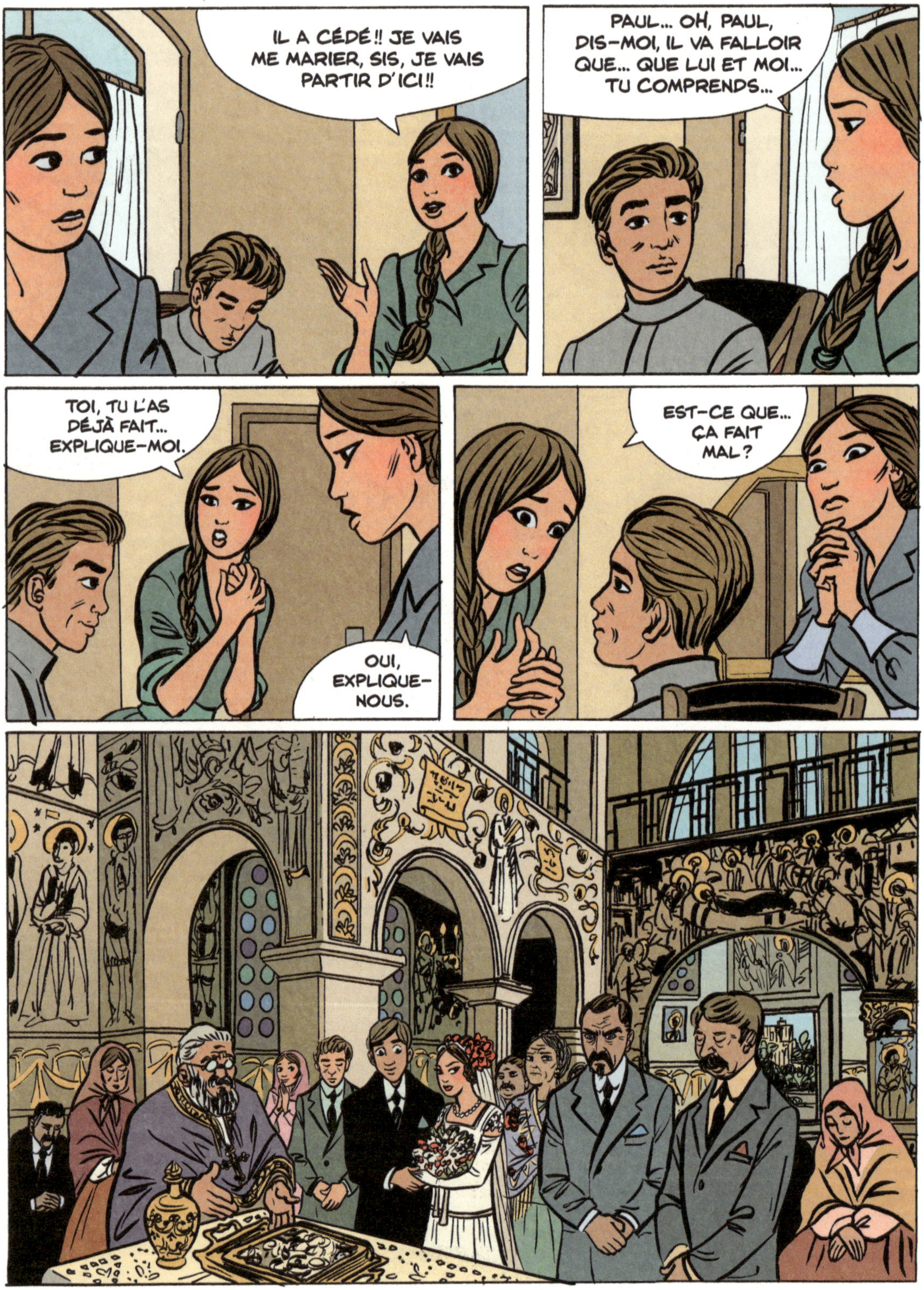
IL A CÉDÉ !! JE VAIS ME MARIER, SIS, JE VAIS PARTIR D'ICI !!
PAUL... OH, PAUL, DIS-MOI, IL VA FALLOIR QUE... QUE LUI ET MOI... TU COMPRENDS...
TOI, TU L'AS DÉJÀ FAIT... EXPLIQUE-MOI.
OUI, EXPLIQUE-NOUS.
EST-CE QUE... ÇA FAIT MAL ?

VIVE LES MARIÉS !!
À LA JOLIE MARIÉE !
EH OUI, ME VOILÀ MARIÉE, PAPA. JE SUIS SA FEMME, À LUI !
BONNE NUIT !
AU REVOIR, AU REVOIR !!
AH AH AH !
À DEMAIN, SIS, MA CHÉRIE, JE TE RACONTERAI TOUT.
ALLEZ, AU LIT, MADAME IVANTZOFF... HIPS !

ÉCARTE... TES JAMBES... OUI...
AH! AÏE!
RRRR RRRRO PCHH...

VIENS DANSER!
MAIS BORIS... JE NE SAIS PAS!
JE VAIS T'APPRENDRE, TU TE LAISSERAS GUIDER.
TU ES DOUÉE!
CECI, MA CHÈRE, C'EST DU CHAMPAGNE FRANÇAIS.
JE BOIS À LA PLUS BELLE FEMME DE LA SOIRÉE, LA MIENNE!
OOOH, MA BEAUTÉ... MA KLAVDIA...
MAIS OUI. VIENS.
CHÉRIE, EMBRASSE-MOI...
RETIRE... TON GILET... ALLEZ, COUCHE-TOI MAINTENANT.
SI TU NE RONFLAIS PAS SI FORT, TU SERAIS PARFAIT.
ET AU MOINS CE SOIR, TU VAS ME LAISSER TRANQUILLE...
RRRR RRRRO PCHH...

JE ME SENS TELLEMENT BELLE, SIS.
REGARDE CETTE ROBE... C'EST DE LA SOIE !
MA CHÈRE, UNE VRAIE PETITE REINE.
MAIS JE SUIS INQUIÈTE... BORIS NE TRAVAILLE PAS, TU SAIS.
ET IL N'A MANIFESTEMENT PAS L'INTENTION DE LE FAIRE.
MAIS... DE QUOI VIVEZ-VOUS ? TOUT ÇA...
IL VEND TOUT CE QU'IL POSSÈDE. MAIS UN JOUR, IL AURA TOUT VENDU.
KLAVDIA ! TU ES SA FEMME, TU DOIS LUI PARLER !
JE L'AI FAIT. IL NE VEUT PAS Y PENSER, IL S'EN FICHE.
QUEL IRRESPONSABLE !
MAIS CE N'EST PAS TOUT... OH, SIS...
QUOI ? QU'Y A-T-IL D'AUTRE ?
JE NE VOULAIS PAS Y CROIRE MAIS...
JE SUIS ENCEINTE !
KLAVDIA ! C'EST MERVEILLEUX !

MERVEILLEUX? TU PLAISANTES!
JE VEUX AVORTER.
QUOI?
ET VOILÀ, TU RÉAGIS COMME BORIS!
IL VEUT CE BÉBÉ, IL EST DÉJÀ RÉPUGNANT DE BONHEUR.
FUTUR PAPA, PFF!
IL NE POUVAIT PAS FAIRE ATTENTION?
JE N'AI QUE 18 ANS!
JE VEUX VIVRE, M'AMUSER... PAS TORCHER UN SALE MIOCHE.
TU NE SAIS PAS CE QUE TU DIS.
C'EST MERVEILLEUX DE DONNER LA VIE.
ET PUIS, TU NE PEUX PAS AVORTER... C'EST TROP DANGEREUX.
TA SANTÉ EST ENCORE FRAGILE. AVEC LA MALNUTRITION PENDANT TA CROISSANCE...
TU NE COMPRENDS DONC PAS?
REGARDE MAMAN, REGARDE-LES TOUTES... CE SONT DES RUINES ! C'EST ÇA, AVOIR DES ENFANTS.
ET BORIS N'AURA BIENTÔT PLUS D'ARGENT, NOUS SERONS... PAUVRES!

CETTE FOIS NON, KLAVDIA, JE NE T'AIDERAI PAS À FAIRE UNE CHOSE PAREILLE.
BON VENT, JE ME DÉBROUILLERAI SEULE !
TOUT ÇA C'EST LA FAUTE DE BORIS...
IL NE DOIT PLUS ME TOUCHER, SINON JE VAIS DEVENIR COMME MA MÈRE !
JE DOIS ME DÉ-BARRASSER DE LUI.
IL FAUT QU'IL PARTE.
J'AI BIEN RÉFLÉCHI, MON CHÉRI. C'EST LA MEILLEURE SOLUTION.
À NEW YORK, POUR QUELQU'UN D'AUSSI INTELLIGENT QUE TOI, CE SERA RAPIDE DE FAIRE FORTUNE.
MAIS... JE NE PARLE MÊME PAS ANGLAIS, KLAVDIA...
BAH, LES RUSSES SONT DOUÉS POUR LES LANGUES, TU APPRENDRAS VITE... TU AS TELLEMENT DE FACILITÉS...
TU SAIS, MOI, GRÂCE À SIS, JE ME DÉBROUILLE DÉJÀ !
MAIS OUI, JUSTEMENT, TOI... VOUS DEUX...
AH, BIEN SÛR, DANS MON ÉTAT, JE NE PEUX PAS PARTIR AVEC TOI... TU NOUS PRÉPARERAS UN JOLI NID DOUILLET, POUR TOUS LES TROIS...
SI TU VOYAGES EN TROISIÈME, ÇA ME LAISSE DE QUOI VIVRE JUSQU'À CE QUE JE VIENNE TE REJOINDRE...

VLADIVOSTOK, C'EST TROP DANGEREUX. IL VAUT MIEUX QUE TU EMBARQUES À TSIN-HOUANG.
JE POURRAI T'ACCOMPAGNER JUSQUE-LÀ, SI TU VEUX...
C'EST BEAUCOUP TROP LOIN ! C'EST TROP RISQUÉ.
MON CHÉRI, TU ES SI PRÉVENANT...
KLAVDIA... C'EST TELLEMENT DUR DE TE QUITTER, MON ADORÉE, AVEC NOTRE ENFANT...
MAIS NOUS NOUS RETROUVERONS VITE, MON AMOUR ! ALLEZ... BONNE CHANCE...

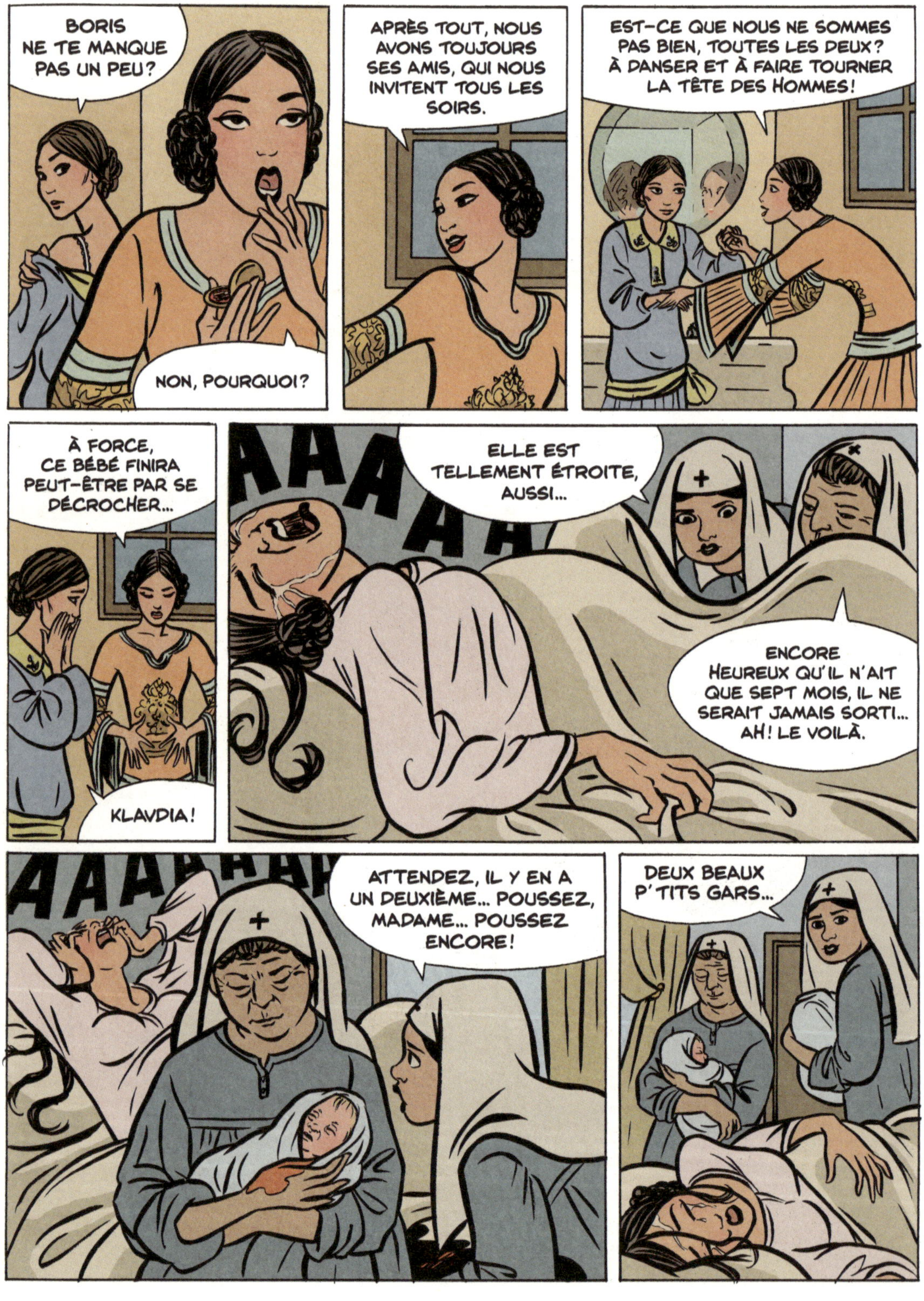
BORIS NE TE MANQUE PAS UN PEU?
NON, POURQUOI?
APRÈS TOUT, NOUS AVONS TOUJOURS SES AMIS, QUI NOUS INVITENT TOUS LES SOIRS.
EST-CE QUE NOUS NE SOMMES PAS BIEN, TOUTES LES DEUX? À DANSER ET À FAIRE TOURNER LA TÊTE DES HOMMES!
À FORCE, CE BÉBÉ FINIRA PEUT-ÊTRE PAR SE DÉCROCHER...
KLAVDIA!
AAAAA
ELLE EST TELLEMENT ÉTROITE, AUSSI...
ENCORE HEUREUX QU'IL N'AIT QUE SEPT MOIS, IL NE SERAIT JAMAIS SORTI... AH! LE VOILÀ.
AAAAAAAA
ATTENDEZ, IL Y EN A UN DEUXIÈME... POUSSEZ, MADAME... POUSSEZ ENCORE!
DEUX BEAUX P'TITS GARS...

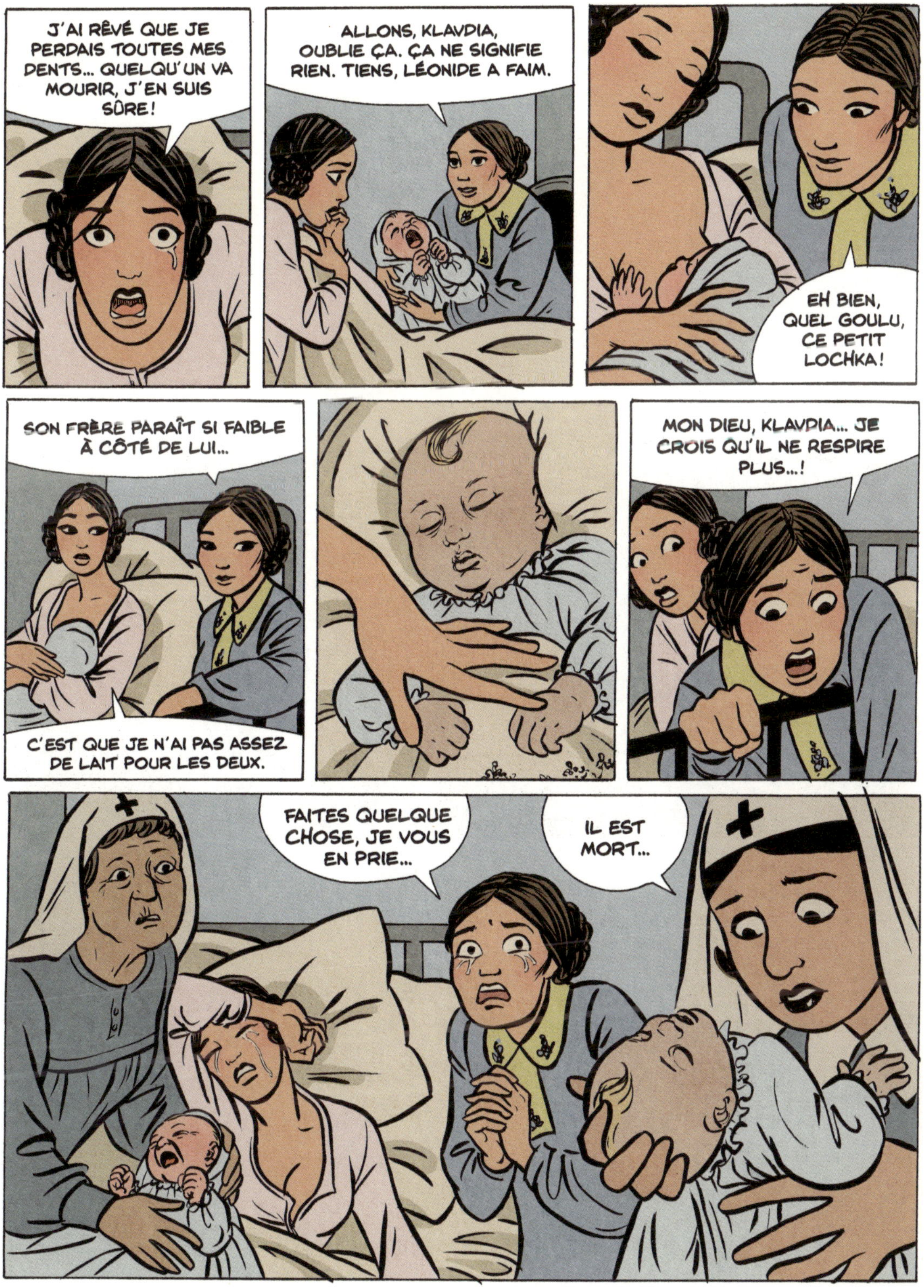
J'AI RÊVÉ QUE JE PERDAIS TOUTES MES DENTS... QUELQU'UN VA MOURIR, J'EN SUIS SÛRE!
ALLONS, KLAVDIA, OUBLIE ÇA. ÇA NE SIGNIFIE RIEN. TIENS, LÉONIDE A FAIM.
EH BIEN, QUEL GOULU, CE PETIT LOCHKA!
SON FRÈRE PARAÎT SI FAIBLE À CÔTÉ DE LUI...
C'EST QUE JE N'AI PAS ASSEZ DE LAIT POUR LES DEUX.
MON DIEU, KLAVDIA... JE CROIS QU'IL NE RESPIRE PLUS...!
FAITES QUELQUE CHOSE, JE VOUS EN PRIE...
IL EST MORT...

MA PAUVRE PETITE, IL FAUT QUE TU SOIS COURAGEUSE.
AU FOND, SIS, UN ENFANT, C'EST BIEN ASSEZ POUR MOI, TU SAIS.
C'EST MÊME DÉJÀ TROP.
ALLONS, KLAVDIA... TU ES ÉPUISÉE.
OUI. OUI, TU AS SANS DOUTE RAISON.
SIS, NOUS DEVRIONS PARTIR... À SHANGHAI, COMME LOLIA !
ENCORE LOLIA ! ET QUE FERAIT-ON LÀ-BAS, AVEC LOLIA ?
NOUS POURRIONS RÉUSSIR, TROUVER DE BONS MARIS.
QUOI ? ET BORIS ?
BORIS ? MAIS JE NE LE REVERRAI JAMAIS, C'EST DU PASSÉ !
QU'EST-CE QUE TU RACONTES ? IL A LE DROIT DE CONNAÎTRE SON FILS !

VOILÀ EDDIE !
TOC TOC TOC
CHUT !
ET LUI... QU'EST-CE QU'IL EN PENSE, DE SHANGHAI...?
TAIS-TOI, VOYONS.
EMMÈNE LOCHKA, S'IL TE PLAÎT.
KLAVDIA, MON AMOUR...
MA FEMME A TOUT DÉCOUVERT ! ELLE M'A FAIT DES SCÈNES TERRIBLES...
JE NE LE SAIS QUE TROP ! ELLE EST VENUE ICI ! ELLE M'A INSULTÉE, HUMILIÉE.
JE VAIS LA QUITTER, MA KLAVDIA, LA QUITTER ET T'ÉPOUSER...
TU SAIS BIEN QUE C'EST IMPOSSIBLE... TU NE PEUX PAS.

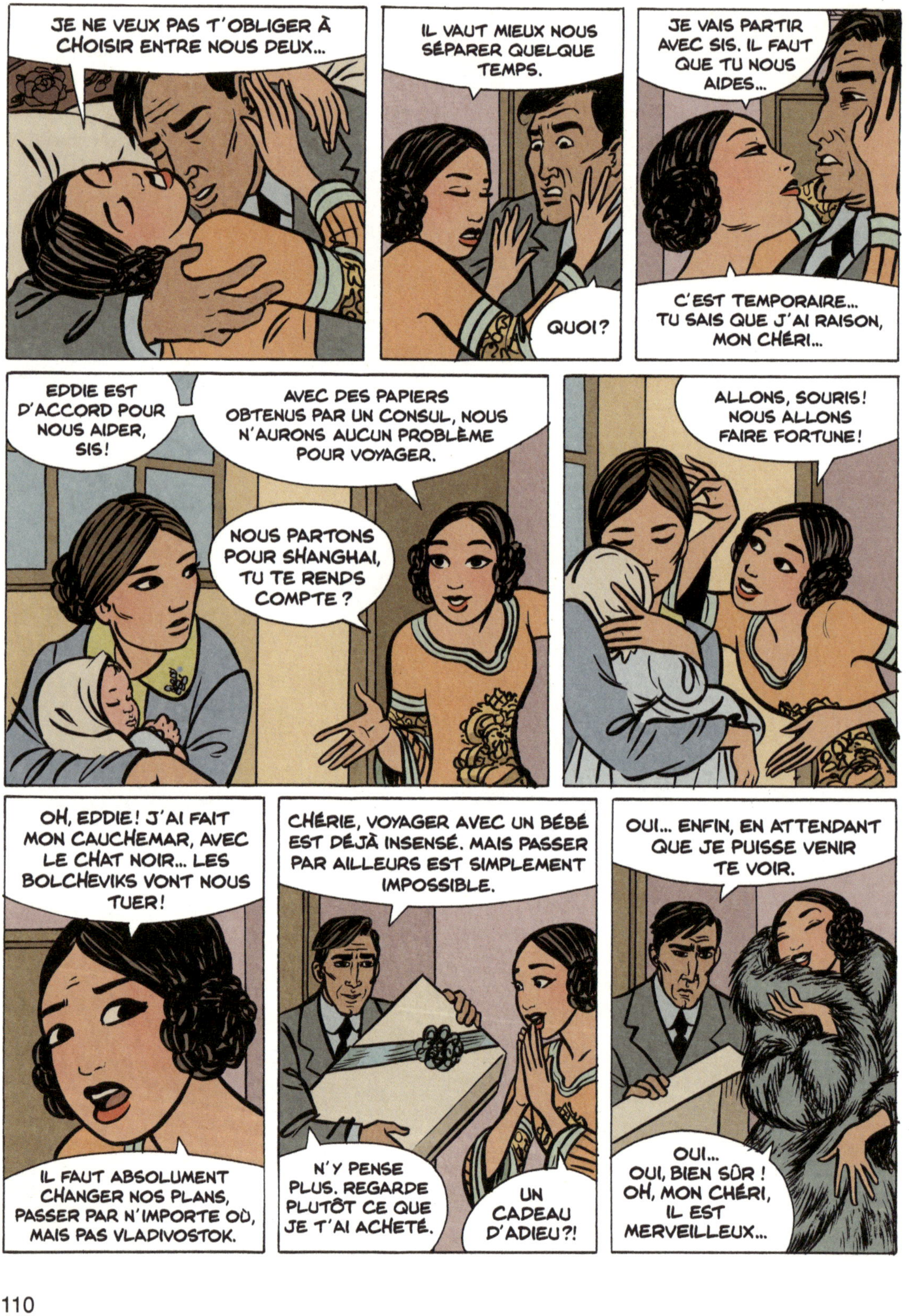
JE NE VEUX PAS T'OBLIGER À CHOISIR ENTRE NOUS DEUX...
IL VAUT MIEUX NOUS SÉPARER QUELQUE TEMPS.
QUOI?
JE VAIS PARTIR AVEC SIS. IL FAUT QUE TU NOUS AIDES...
C'EST TEMPORAIRE... TU SAIS QUE J'AI RAISON, MON CHÉRI...
EDDIE EST D'ACCORD POUR NOUS AIDER, SIS!
AVEC DES PAPIERS OBTENUS PAR UN CONSUL, NOUS N'AURONS AUCUN PROBLÈME POUR VOYAGER.
NOUS PARTONS POUR SHANGHAI, TU TE RENDS COMPTE ?
ALLONS, SOURIS! NOUS ALLONS FAIRE FORTUNE!
OH, EDDIE! J'AI FAIT MON CAUCHEMAR, AVEC LE CHAT NOIR... LES BOLCHEVIKS VONT NOUS TUER!
IL FAUT ABSOLUMENT CHANGER NOS PLANS, PASSER PAR N'IMPORTE OÙ, MAIS PAS VLADIVOSTOK.
CHÉRIE, VOYAGER AVEC UN BÉBÉ EST DÉJÀ INSENSÉ. MAIS PASSER PAR AILLEURS EST SIMPLEMENT IMPOSSIBLE.
N'Y PENSE PLUS. REGARDE PLUTÔT CE QUE JE T'AI ACHETÉ.
UN CADEAU D'ADIEU?!
OUI... ENFIN, EN ATTENDANT QUE JE PUISSE VENIR TE VOIR.
OUI... OUI, BIEN SÛR ! OH, MON CHÉRI, IL EST MERVEILLEUX...

VOUS AVEZ BIEN TOUT...? ASSEZ DE NOURRI- TURE...?
OUI, LES COUCHES, LE LAIT...
ET MON RENARD ARGENTÉ EST BIEN CACHÉ TOUT AU FOND DE LA VALISE, MON CHÉRI. NE T'INQUIÈTE PAS.
ET VOILÀ ! TOUT SE PASSE BIEN POUR LE MOMENT, ON DIRAIT.
JE N'EN REVIENS PAS QUE LES PARENTS AIENT ACCEPTÉ NOTRE DÉPART AUSSI FACILEMENT !
TON HISTOIRE ÉTAIT BIEN FICELÉE ! LE TRAVAIL À SHANGHAI... JUSQU'AU DÉPART À NEW YORK DÈS QUE NOUS AURONS ASSEZ D'ARGENT POUR REJOINDRE BORIS.
OH, CELUI-LÀ, TIENS, TU FAIS BIEN DE M'EN PARLER. IL FAUT QUE JE LUI RÉPONDE...
QU'EST-CE QUE TU COMPTES LUI DIRE ?
QUE VEUX-TU QUE JE LUI DISE ? QUE LOCHKA EST TROP PETIT POUR VOYAGER...
KLAVDIA, IL VEUT AVOIR SA FEMME PRÈS DE LUI, CONNAÎTRE SON FILS... C'EST COMPRÉHEN- SIBLE.
MAIS DE QUOI VIVRIONS-NOUS ? IL EST CHAUFFEUR DE TAXI.

IL NE FAUT PAS RESTER ICI, SIS, ILS VONT NOUS TUER... SOUVIENS-TOI DE MON RÊVE! LE CHAT NOIR!
JE SAIS... IL FAUT TROUVER UN BATEAU...
VIENS, J'AI VU UNE AGENCE DE VOYAGE, LÀ-BAS...
AH, VOUS AVEZ MANQUÉ LE PAQUEBOT, IL EST PARTI CE MATIN AUX AURORES.
LE PROCHAIN EST DANS TROIS JOURS. JE VOUS RÉSERVE TROIS PLACES?
MAIS ON NE PEUT PAS RESTER ICI! PAS MÊME UNE JOURNÉE!
IL Y A FORCÉMENT UNE SOLUTION! JE VOUS EN PRIE!
JE NE DEVRAIS PAS VOUS DIRE ÇA MAIS...
ALLEZ À L'EMBARCADÈRE DES CARGOS, DEMANDEZ DIRECTEMENT AUX CAPITAINES... ON NE SAIT JAMAIS.

NOUS AVONS DE QUOI VOUS PAYER!
JE NE PRENDS PAS DE PASSA-GERS.
PAR PITIÉ...
DÉSO-LÉ.
EH! VENEZ DONC VOUS OCCUPER DE NOS DEUX PETITS BÉBÉS!
PFF... ESSAYONS LÀ-BAS...
NON, N'INSISTEZ PAS.
IL FAUT ABSOLUMENT TROUVER UNE SOLUTION POUR PARTIR CE SOIR...
TU ES UNE FOLLE DANGEREUSE! POURQUOI N'EST-ON PAS RESTÉES TRANQUILLES À KHARBIN?
JE SUIS STUPIDE DE T'AVOIR ÉCOUTÉE! JE N'EN PEUX PLUS!
EXCUSEZ-MOI... PEUT-ÊTRE POUR-RIEZ-VOUS NOUS AIDER...

MON DIEU, MAIS NOUS SOMMES FOLLES DE SUIVRE UN INCONNU ! S'IL ALLAIT NOUS VOLER... NOUS TUER ??
CHHHT.
TU VOIS, IL N'A PAS MENTI, IL CONNAÎT LE CAPITAINE.
JE REGRETTE, MES-DEMOISELLES. JE NE PRENDS JAMAIS DE PASSAGERS. ET ENCORE MOINS DES PASSAGÈRES...
OH! SURTOUT AVEC UN BÉBÉ!
MAIS NOUS AVONS DES PASSEPORTS EN RÈGLE, REGARDEZ!
MON MARI NOUS ATTEND À SHANGHAI, IL N'A JAMAIS VU SON FILS, JE VOUS EN SUPPLIE... NOUS ALLONS MOURIR SI NOUS RESTONS...
IL Y AURAIT PEUT-ÊTRE UNE SOLUTION...
MAIS IL VOUS FAUDRA RESTER ENFERMÉES TOUTE LA TRAVERSÉE. CE SERA LONG!
TOUT POURVU QU'ON PARTE... VOICI L'ARGENT!
MERCI! MERCI!

♪♫
C'EST ICI. DONNEZ-MOI VOS PASSEPORTS, S'IL VOUS PLAÎT.
JE VOUS FERAI PORTER À MANGER TOUT À L'HEURE.
IL... IL A FERMÉ À CLEF...
CLIC
CLIC
LE BATEAU BOUGE...
ENFIN, NOUS PARTONS !

VOICI ALIOCHA. IL VOUS APPORTERA À MANGER ET CHANGERA VOTRE SEAU.
BON-JOUR...
C'EST COINCÉ... QUELLE CHALEUR! SI AU MOINS ON POUVAIT OUVRIR!
TU ME PRÊTES TON LIVRE?
NON. JE N'EN AI PAS D'AUTRE.
REGARDEZ, J'AI TROUVÉ DES BOUCHONS POUR OCCUPER LE PETIT.
TOUJOURS PAS MOYEN D'OUVRIR CE SATANÉ HUBLOT, N'EST-CE PAS?
NON... RIEN À FAIRE...
IL N'Y A PERSONNE, ON VA LAISSER UN PEU LA PORTE OUVERTE, POUR AÉRER.
MERCI ALIOCHA... MERCI POUR TOUT.
JE M'ENNUIE... TU ME PRÊTES TON LIVRE? OÙ EN ES-TU?
AR-RÊTE!

ON N'A PAS ASSEZ D'EAU POUR LAVER LES COUCHES ET IL FAIT SI CHAUD...
AUTANT LAISSER LOCHKA TOUT NU ET LAVER PAR TERRE APRÈS.
DE TOUTE FAÇON TOUT PUE TELLEMENT DÉJÀ ICI... OOOOH...
ATTENTION... ÇA TANGUE !
JE NE CROIS PAS QUE LA PRISON PUISSE ÊTRE PIRE.
CHUT... LES VOILÀ !
TOUTES LES NUITS... ILS NE NOUS LAISSERONT DONC JAMAIS...
MON DIEU... CE SONT DES MONSTRES !!
OOOH, VIENS, JE VAIS TE PRENDRE, MA BELLE... TES CUISSES...
KLLL KLLL
OH... OUI, TU VAS VOIR, OOOH, TOUTES LES DEUX...
ILS... ILS... OH, HEUREUSEMENT QUE NOUS SOMMES ENFERMÉES, KLAVDIA...
AAAAAAH...

NOUS ARRIVONS À SHANGHAI. DÉPÊCHEZ-VOUS DE VOUS PRÉPARER.
QUEL BONHEUR D'ÊTRE ENFIN DEHORS!
MAINTENANT NOUS DEVONS REJOINDRE LOLIA.
TU AS L'ADRESSE DE LA PENSION?
C'EST EXACTEMENT COMME DANS MES RÊVES.
C'EST ICI... LE BÂTIMENT BLANC.
ENFIN! NOUS Y SOMMES!

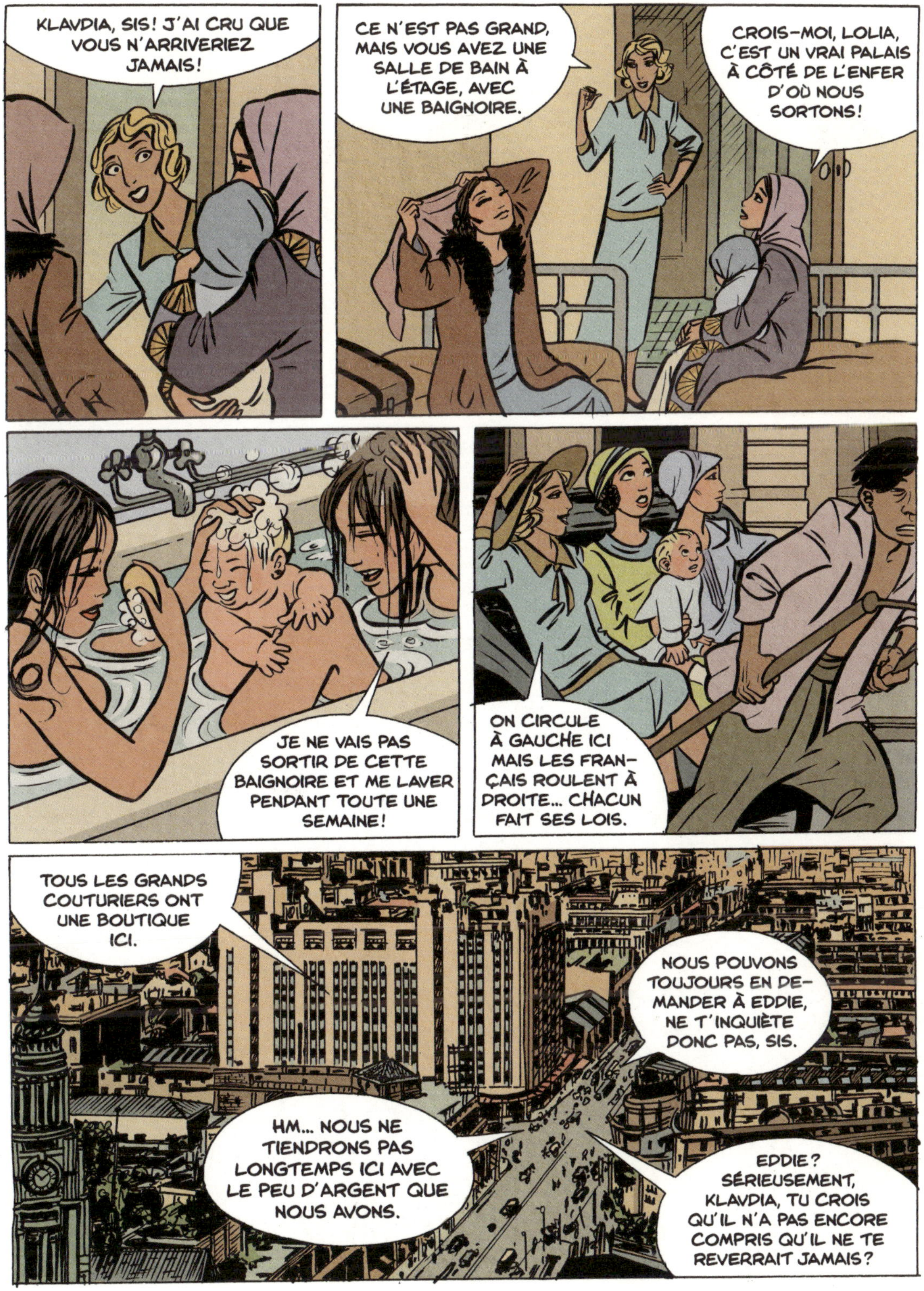
KLAVDIA, SIS ! J'AI CRU QUE VOUS N'ARRIVERIEZ JAMAIS !
CE N'EST PAS GRAND, MAIS VOUS AVEZ UNE SALLE DE BAIN À L'ÉTAGE, AVEC UNE BAIGNOIRE.
CROIS-MOI, LOLIA, C'EST UN VRAI PALAIS À CÔTÉ DE L'ENFER D'OÙ NOUS SORTONS !
JE NE VAIS PAS SORTIR DE CETTE BAIGNOIRE ET ME LAVER PENDANT TOUTE UNE SEMAINE !
ON CIRCULE À GAUCHE ICI MAIS LES FRANÇAIS ROULENT À DROITE... CHACUN FAIT SES LOIS.
TOUS LES GRANDS COUTURIERS ONT UNE BOUTIQUE ICI.
NOUS POUVONS TOUJOURS EN DEMANDER À EDDIE, NE T'INQUIÈTE DONC PAS, SIS.
HM... NOUS NE TIENDRONS PAS LONGTEMPS ICI AVEC LE PEU D'ARGENT QUE NOUS AVONS.
EDDIE ? SÉRIEUSEMENT, KLAVDIA, TU CROIS QU'IL N'A PAS ENCORE COMPRIS QU'IL NE TE REVERRAIT JAMAIS ?

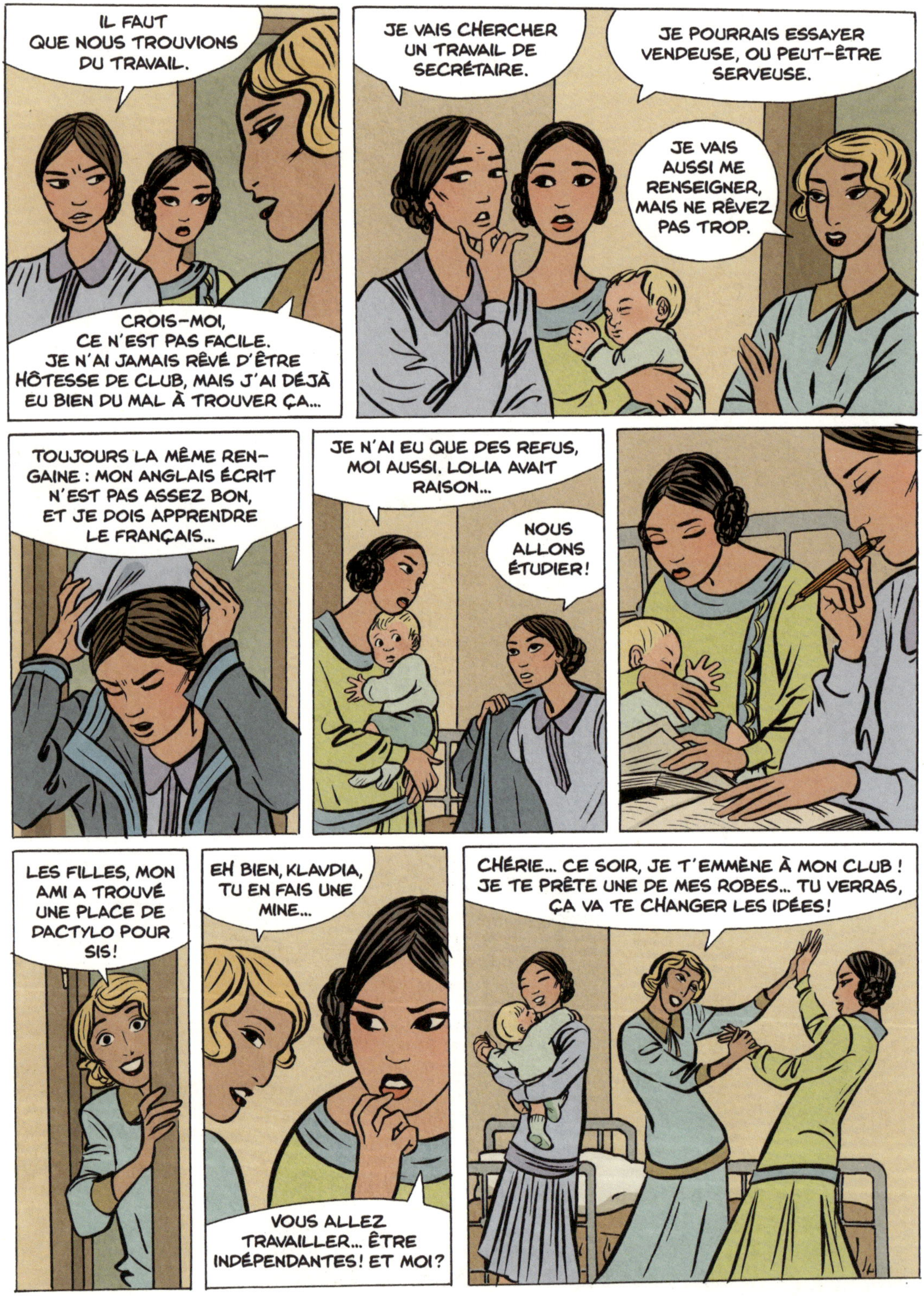
IL FAUT QUE NOUS TROUVIONS DU TRAVAIL.
CROIS-MOI, CE N'EST PAS FACILE. JE N'AI JAMAIS RÊVÉ D'ÊTRE HÔTESSE DE CLUB, MAIS J'AI DÉJÀ EU BIEN DU MAL À TROUVER ÇA...
JE VAIS CHERCHER UN TRAVAIL DE SECRÉTAIRE.
JE POURRAIS ESSAYER VENDEUSE, OU PEUT-ÊTRE SERVEUSE.
JE VAIS AUSSI ME RENSEIGNER, MAIS NE RÊVEZ PAS TROP.
TOUJOURS LA MÊME RENGAINE : MON ANGLAIS ÉCRIT N'EST PAS ASSEZ BON, ET JE DOIS APPRENDRE LE FRANÇAIS...
JE N'AI EU QUE DES REFUS, MOI AUSSI. LOLIA AVAIT RAISON...
NOUS ALLONS ÉTUDIER !
LES FILLES, MON AMI A TROUVÉ UNE PLACE DE DACTYLO POUR SIS!
EH BIEN, KLAVDIA, TU EN FAIS UNE MINE...
VOUS ALLEZ TRAVAILLER... ÊTRE INDÉPENDANTES! ET MOI?
CHÉRIE... CE SOIR, JE T'EMMÈNE À MON CLUB ! JE TE PRÊTE UNE DE MES ROBES... TU VERRAS, ÇA VA TE CHANGER LES IDÉES!

CHÉRIE, ON NE VOIT QUE TOI...
KLAVDIA! TÉLÉPHONE! KLAVDIA!
KLAVDIA! UNE FILLE DU CLUB EST MALADE, ET LE PATRON M'A PROPOSÉ QUE TU LA REMPLACES ; IL T'A REPÉRÉE L'AUTRE SOIR!
PRENDS UNE ROBE DANS MON ARMOIRE, DÉPÊCHE-TOI!
TE VOILÀ ENFIN!
VIENS AVEC MOI!
JE NE SENS PLUS MES PIEDS...
C'EST LE MÉTIER QUI RENTRE... MA BELLE, LE PATRON VEUT T'EMBAUCHER FERME!

MAIS... LOLIA, JE NE VEUX PAS COUCHER, MOI.
NE T'EN FAIS PAS, DU MOMENT QU'ON LES FAIT BOIRE, LE PATRON NE NOUS OBLIGE À RIEN.
BEAUCOUP DE CLIENTS CROIENT QUE NOUS SOMMES DES PUTAINS. CERTAINES LE SONT. MAIS PAS TOUTES.
MOI J'AI BIEN TROP PEUR DE LA SYPHILIS!
J'AI VU DES FILLES EN MOURIR, C'EST ATROCE.
JE VAUX MIEUX QUE ÇA.
SANS COMPTER LES BÉBÉS. JE N'AI PAS BESOIN D'EN AVOIR UN AUTRE.
AU PIRE, UNE FOIS LE TYPE SAOUL, TU PEUX ÉCHANGER AVEC UNE COPINE CONSENTANTE. IL NE SE REND PAS COMPTE.
INVENTE-TOI UN JOLI CONTE DE FÉES, ET ÇA IRA TRÈS BIEN.
MAIS ATTENTION, IL FAUT TOUJOURS LEUR LAISSER UN PETIT ESPOIR.
NOUS AVONS DÛ FUIR LA RUSSIE, MA SOEUR ET MOI, AVEC MON PETIT GARÇON. MON MARI A DISPARU.
MAIS JE LUI RESTE FIDÈLE... IL ME FAUT DU TEMPS, VOUS COMPRENEZ... J'AI TELLEMENT SOUFFERT.
EN ATTENDANT, SOYONS AMIS... C'EST SI BEAU, L'AMITIÉ.
AMIS? TU M'AS BIEN ALLUMÉ, SALE PETITE GARCE!

AAAAAAAA!!
TU NE COUCHES PAS, C'EST TON PROBLÈME. MAIS TU ME FAIS ENCORE FUIR UN CLIENT, ET JE TE VIRE, COMPRIS ??
ALLEZ, RETOURNE TRAVAILLER.
MONSIEUR... QUELQUE CHOSE NE VA PAS?
VOUS EN FAITES UNE TÊTE!
RÉSERVEZ-MOI VOTRE SOIRÉE DE DEMAIN, S'IL VOUS PLAÎT.
ÇA NE SE FAIT PAS ICI...
LAISSEZ-MOI ARRANGER ÇA.
MON-SIEUR...
EH BEN, MA PETITE, TU VAS EN FAIRE DES JALOUSES, AVEC CELUI-LÀ.
C'EST UN DES HOMMES LES PLUS RICHES DE LA VILLE.
J'ESPÈRE QUE TU SERAS MOINS IDIOTE QUE D'HABITUDE, SI TU VOIS CE QUE JE VEUX DIRE.

TU TE RENDS COMPTE, LOLIA DIT QU'ELLE L'A VU DANS LE JOURNAL, C'EST UN HOMME IMPORTANT.
J'AI EU COMME UN PRESSENTIMENT... JE SUIS ALLÉE CONSULTER LA RUSSE QUI TIRE LES CARTES.
ELLE A VU UN TRÈS GRAND BOULEVERSEMENT DANS MA VIE. JE SUIS SÛRE QUE C'EST LUI!
MA PAROLE, ELLE CROIT VRAIMENT QU'IL VA VENIR, SON PRINCE CHARMANT!
HAHAHA! IL A DÉJÀ TROUVÉ MIEUX, TU PARLES!
BONSOIR, MADEMOISELLE.
VOUS ÊTES TRÈS BELLE. CETTE ROBE VOUS VA À RAVIR.
JE M'APPELLE LOUIS, PUIS-JE VOUS APPELER KLAVDIA?
JE VOUDRAIS VOUS MONTRER CECI, VOUS COMPRENDREZ MA SURPRISE EN VOUS VOYANT.

C'EST MA FEMME. NOUS SOMMES SÉPARÉS, ELLE VIT À LONDRES.
VOUS LUI RESSEMBLEZ TELLEMENT...
ET VOUS L'AIMEZ TOUJOURS, C'EST ÇA? VOUS VOULEZ QUE JE SOIS UN ERSATZ?
OH NON... VOUS ÊTES JEUNE, VOUS ÊTES RESPLENDISSANTE...
VOUS ÊTES UNIQUE, KLAVDIA.
VENEZ DANSER...
VOUS ÊTES ICI CHEZ VOUS, KLAVDIA...
LE SOIR, NOUS IRONS DÎNER, DANSER...
LA JOURNÉE, VOUS SEREZ LIBRE DE FAIRE CE QUE BON VOUS SEMBLE. JE VOUS AI OUVERT DES COMPTES DANS PLUSIEURS MAGASINS.
SI VOUS ACCEPTEZ... JE NE VOUS DEMANDERAI RIEN D'AUTRE, JE VOUS ASSURE.

JE SAIS QUE VOUS ÊTES TRÈS PROCHE DE VOTRE SOEUR. SI VOUS LE SOUHAITEZ, ELLE PEUT VENIR VIVRE ICI AUSSI.
AINSI QUE VOTRE PETIT GARÇON, CELA VA SANS DIRE.
ET VOUS NE ME DEMANDEZ... VRAIMENT RIEN EN ÉCHANGE...?
JE RESPECTERAI TOUJOURS VOTRE CHOIX, KLAVDIA.
TU ES JOLIE AVEC TES CHEVEUX COURTS... REGARDE-NOUS. NOUS SOMMES TELLEMENT BELLES! TOUT CE CHEMIN PARCOURU...
OH, SIS, LA VIE EST MERVEILLEUSE... J'AI ENFIN TOUT CE DONT JE RÊVAIS...
C'EST POUR VOUS, MADEMOISELLE.
ENCORE UNE LETTRE DE BORIS...

IL CRÈVE DE FAIM À NEW YORK... IL VOUDRAIT QUE JE LE REJOIGNE... BLA BLA BLA.
KLAVDIA, TU DEVRAIS LUI RÉPONDRE...
OUI, OUI, JE LE FERAI... AH ! VOILÀ LOUIS !
QUELLE CHARMANTE SOIRÉE, N'EST-CE PAS ?
OUI, JE ME SUIS BEAUCOUP AMUSÉE !
MA PETITE KLAVDIA...
ET MAINTENANT QUE JE SUIS TA MAÎTRESSE, QUE VA-T-IL SE PASSER ?
QUE VEUX-TU DIRE ?
TU NE M'ÉPOUSERAS JAMAIS, N'EST-CE PAS.
NON. JE NE PEUX PAS DIVORCER DE MA FEMME, KLAVDIA. NOUS AVONS TROP D'INTÉRÊTS EN COMMUN.
ET COMBIEN DE TEMPS TE FAUDRA-T-IL POUR TE LASSER DE MOI ? QU'EST-CE QUE JE DEVIENDRAI, ALORS ?
ET SI TU MOURAIS ?
NE SOIS PAS MÉCHANTE... MES SENTIMENTS POUR TOI NE CHANGERONT JAMAIS, JE TE LE JURE. JE SERAI TOUJOURS LÀ POUR TOI, KLAVDIA, QUOI QU'IL ARRIVE...
ALLONS... SAIS-TU JOUER AU BRIDGE ?
NON.
J'ORGANISE DES PARTIES, JE SUIS SÛR QUE TU VAS ADORER.

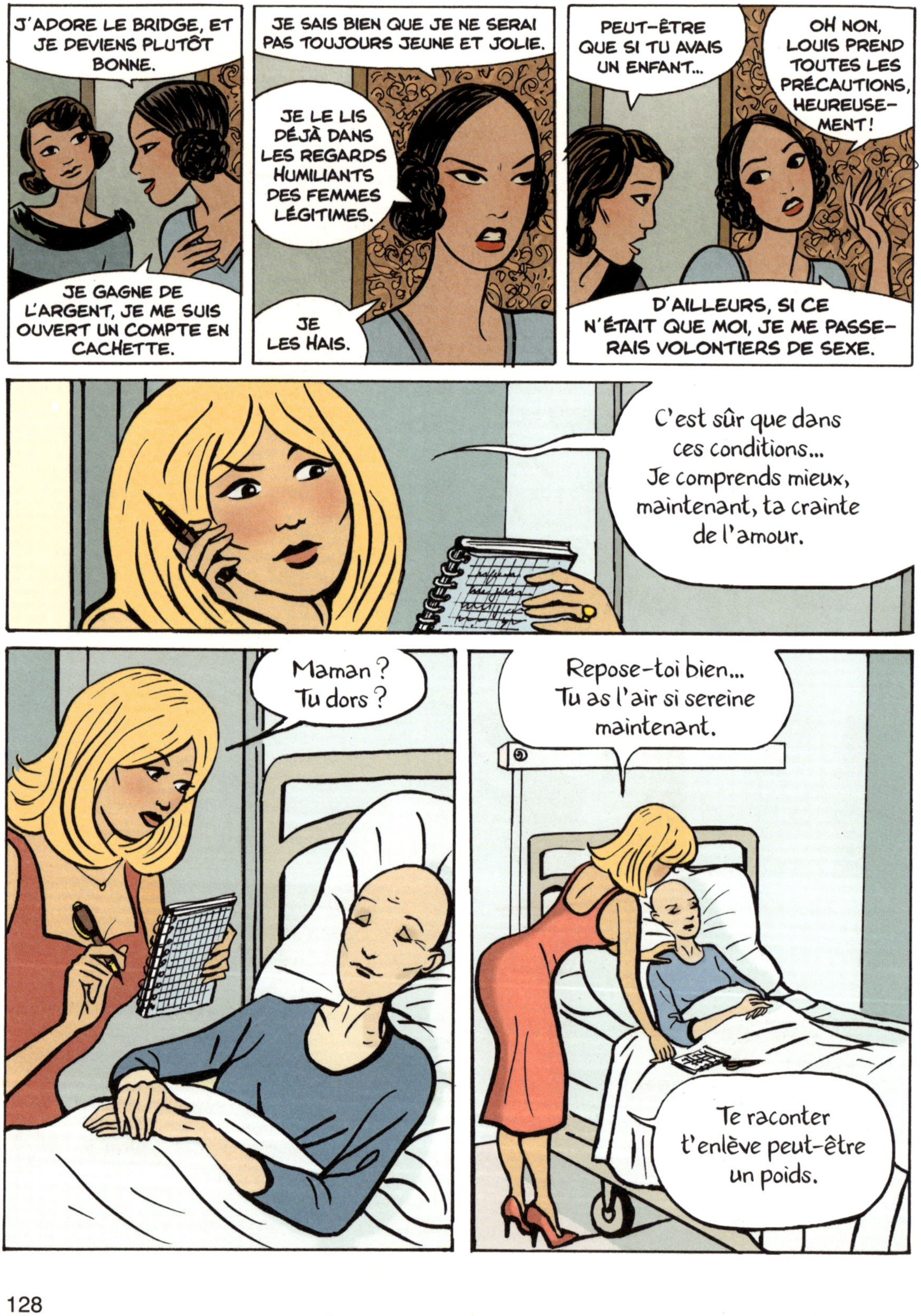
J'ADORE LE BRIDGE, ET JE DEVIENS PLUTÔT BONNE.
JE GAGNE DE L'ARGENT, JE ME SUIS OUVERT UN COMPTE EN CACHETTE.
JE SAIS BIEN QUE JE NE SERAI PAS TOUJOURS JEUNE ET JOLIE.
JE LE LIS DÉJÀ DANS LES REGARDS HUMILIANTS DES FEMMES LÉGITIMES.
JE LES HAIS.
PEUT-ÊTRE QUE SI TU AVAIS UN ENFANT...
OH NON, LOUIS PREND TOUTES LES PRÉCAUTIONS, HEUREUSEMENT !
D'AILLEURS, SI CE N'ÉTAIT QUE MOI, JE ME PASSERAIS VOLONTIERS DE SEXE.
C'est sûr que dans ces conditions... Je comprends mieux, maintenant, ta crainte de l'amour.
Maman ? Tu dors ?
Repose-toi bien... Tu as l'air si sereine maintenant.
Te raconter t'enlève peut-être un poids.

Pauvre Maman, elle est passée à côté de tellement de choses.
Elle a bien failli me convaincre d'en faire autant.
Je ne t'aurais pas laissée faire !
Mon Marc, tu m'as apprivoisée.
Tu m'as permis de dépasser la peur qu'elle m'avait donnée des hommes.
Tu as l'air fatigué mon amour.
Oui, je suis content de faire un break.
Le calme et le soleil de Porquerolles te feront du bien.
Un peu de solitude aussi.

J'ai invité quelques potes pour le week-end.
Comment ça ?
Je croyais que tu n'en pouvais plus de voir du monde !
Tu ne vas pas recommencer à vouloir m'empêcher de voir mes amis !
Tu appelles ça des amis, ceux grâce à qui je te récupère régulièrement en état d'ébriété ?
Tu veux m'empêcher de vivre ?
Et moi, ma vie, c'est quoi ? T'emmener d'hôpitaux en cures de désintoxication ??
J'en ai ma claque de mon « petit docteur », je voudrais retrouver ma femme, parfois !
TA femme, TES potes ! ...
Tes pétasses aussi...

Comment trouves-tu mes cheveux, Micha ? On dirait qu'ils sont vrais, n'est-ce pas ?
Tu es très belle, Maman, cette nouvelle coupe te va très bien.
Tu sembles contrariée, ma fille... C'est Marc ? Il te chamboule, celui-là ! Il te trompe ?
Ne t'occupe pas de ma vie, Maman !
Raconte-moi plutôt la tienne.
Où en étais-je ? Ah oui, mes drôles d'histoires d'amour.
Louis était fou de moi, mais marié, et lâche, comme tous les hommes...
KLAVDIA, JE DOIS TE PARLER.
MA FEMME VA ARRIVER DE LONDRES. ELLE SOUHAITE TE RENCONTRER.
MON SOSIE ? AH !
ELLE VEUT VOIR SI JE SUIS UN DANGER POUR ELLE ?
QU'ELLE SOIT TRANQUILLE, JE N'AI MÊME PAS LE DROIT DE CHANGER LA PLACE D'UNE LAMPE, ICI, JE SUIS UN DES MEUBLES !

KLAVDIA... NOUS SOMMES ARRIVÉS.
HÉLÈNE, JE TE PRÉSENTE KLAVDIA.
AINSI C'EST VOUS, KLAVDIA.
J'ESPÈRE QUE NOUS SERONS AMIES.
OH, KLAVDIA, ET SI NOUS NOUS FAISIONS FAIRE LA MÊME ROBE, AUSSI?
DE VRAIES JUMELLES! AHAHAH, J'IMAGINE LA TÊTE DES GENS.
LA RUMEUR DIT QUE NOUS SOMMES UN COUPLE À TROIS, MESDAMES.
LES IMBÉCILES.
DEPUIS QUE TU ES LÀ, JE REVIS... JE M'ENNUIE TELLEMENT, TU SAIS.
IL FAUT POURTANT QUE JE REPARTE. CELA FAIT DÉJÀ UN MOIS QUE JE SUIS ICI.
ADIEU, CHÈRE KLAVDIA.
ALLONS, NOUS NOUS ÉCRIRONS.
NOUS SOMMES AMIES, MAINTENANT, N'EST-CE PAS?

KLAVDIA, MA CHÉRIE... ÇA VA?
NON, ÇA NE VA PAS. TU LE SAIS BIEN.
TU VEUX QUE JE PASSE MA VIE EN POULE ENTRETENUE.
JE NE SAIS PAS CE QUE JE DONNERAIS POUR QUE QUELQUE CHOSE, N'IMPORTE QUOI, ARRIVE!
MA CHÉRIE, EST-CE QUE TU AS ENTENDU LA RUMEUR...? CETTE NOUVELLE NOMINATION À LA BANQUE D'INDOCHINE...
ÉVIDEMMENT! TOUT SHANGHAI NE PARLE QUE DE ÇA! UN CERTAIN FRED DEMONGEOT...
SA FAMILLE REMONTE AUX MÉDICIS, IMAGINE UN PEU...
ILS ONT DES TERRES, TOUT UN VILLAGE EN ITALIE...
VRAI-MENT?
IL PARAÎT QUE SA MÈRE EST COMTESSE.
EN PLUS, ON DIT QU'IL EST TERRIBLE-MENT BEAU!
MAIS SURTOUT, IL EST CÉLIBATAIRE!

IL NE PEUT PAS MANQUER LE BAL DU CERCLE SPORTIF FRANÇAIS. IL SERA FORCÉMENT LÀ.
EN TOUT CAS, MOI, JE VEUX ÊTRE LA PLUS BELLE! ON NE SAIT JAMAIS...
J'AI HÂTE DE VOIR S'IL EST AUSSI BEAU QU'ON LE DIT...
MA CHÉRIE, IL EST LÀ! IL EST BEAU... UN RÊVE!
IL FAUT ABSOLUMENT QUE TU TE FASSES PRÉSENTER.
ATTENTION, LOUIS N'EST PAS LOIN!
JE NE VAIS CERTAINEMENT PAS BOUGER ! IL N'A QU'À VENIR TOUT SEUL. MA RÉPUTATION DEVRAIT BIEN SUFFIRE À L'ATTIRER.
REGARDE, KLAVDIA ! CE DOIT ÊTRE LUI... IL RESSEMBLE À GARY COOPER!!
FRED, JE CROIS QUE VOUS NE CONNAISSEZ PAS MADAME CLAUDIA IVANTZOFF...
ОЧИН ПРИЯТНО...
COMMENT... MAIS VOUS PARLEZ RUSSE?
TU AS ROUGI! TOI! ON AURA TOUT VU!
CET HOMME-LÀ SERA À MOI, SIS, C'EST DÉCIDÉ.
TU SEMBLES AILLEURS, CE SOIR, MA CHÉRIE, À QUOI PENSES-TU?

TU SAIS, JE N'AI JAMAIS TROMPÉ LOUIS. MAIS AVEC LUI... JE SENS QUE JE POURRAIS!
MADE-MOISELLE, DES FLEURS POUR VOUS.
C'EST DÉJÀ LUI! "MODESTE HOMMAGE À VOTRE GRANDE BEAUTÉ."
IL ESPÈRE ME REVOIR TRÈS VITE...
VIENS, ALLONS PRENDRE LE THÉ AU CERCLE SPORTIF FRANÇAIS. JE SUIS SÛRE QU'IL Y SERA!
IL EST LÀ!
QUELLE DÉLICIEUSE SURPRISE! QUEL PLAISIR DE VOUS REVOIR SI VITE! PARDONNEZ-MOI... PUIS-JE M'ASSEOIR?
MAIS JE VOUS EN PRIE.
À PROPOS, MERCI POUR VOS SUPERBES FLEURS...
JE VOUS PRIE DE M'EX-CUSER... UNE COURSE À FAIRE AVANT LE DÎNER...
AU PLAISIR, MADEMOI-SELLE.
NOUS DEVONS NOUS REVOIR, CLAUDIA! QUAND...?
IL EST TARD, JE DOIS RENTRER, MONSIEUR. MAIS VOULEZ-VOUS VENIR PRENDRE LE THÉ CHEZ MOI DEMAIN, À CINQ HEURES?
AVEC JOIE!
JE VOUS EN PRIE, APPELEZ-MOI FRED.
À DEMAIN... FRED.

OH, SIS, IL EST MERVEILLEUX !
MA VIEILLE, FAIS ATTENTION. SHANGHAI EST PETIT. LES GENS PARLENT. NE VA PAS TOUT PERDRE POUR UNE TOQUADE.
LOUIS NE SUPPORTERA PAS QUE TU LE TROMPES.
TU NE COMPRENDS RIEN. CET HOMME-LÀ M'ÉPOUSERA.
MAIS TU RÊVES ! UN HOMME DE BONNE FAMILLE, ÉPOUSER UNE RUSSE BLANCHE... ET TU N'ES MÊME PAS DIVORCÉE !
PARDONNE-MOI, KLAVDIA, TU ES UNE POULE DE LUXE, ET AVEC UN ENFANT ! SI TU VEUX UNE AVENTURE DISCRÈTE, À LA RIGUEUR, EN ÉTANT TRÈS PRUDENTE, MAIS LÀ TU ES FOLLE.
SIS A RAISON... JE DOIS ÊTRE PLUS HABILE QUE ÇA !
ICI, NOUS NE DEVRIONS RENCONTRER PERSONNE QUI NOUS CONNAISSE.
JE SUIS SI HEUREUX DE CES DÉJEUNERS AVEC VOUS...
VOUS SAVEZ, ÇA NE ME DÉRANGE PAS QUE VOUS AYEZ UN ENFANT, CLAUDIA.
J'EN AI ASSEZ, KLAVDIA !

TOUT SHANGHAI EST AU COURANT DE TES PETITS RENDEZ-VOUS AVEC CE... DEMONGEOT!
JE TE JURE QU'IL NE S'EST JAMAIS RIEN PASSÉ ENTRE NOUS, LOUIS, JE NE T'AI JAMAIS TROMPÉ!
JE TE CROIS.
MAIS JE VEUX QUE ÇA CESSE.
CLAUDIA, MA CHÉRIE, ENFIN TU ES ICI... CHEZ MOI.
JE N'AURAIS PAS DÛ VENIR.
LOUIS M'A FAIT UNE SCÈNE TERRIBLE, TU SAIS...
CHÉRIE, JE T'EN SUPPLIE, QUITTE-LE, PARS AVEC MOI!
JE NE PEUX PAS, IL A ÉTÉ SI BON POUR MOI...
ET LOCHKA?
JE NE PEUX PAS ABANDONNER MON FILS...!
JE N'EN PEUX PLUS, CLAUDIA, JE VAIS DEVENIR FOU...
CLAUDIA... CLAUDIA...

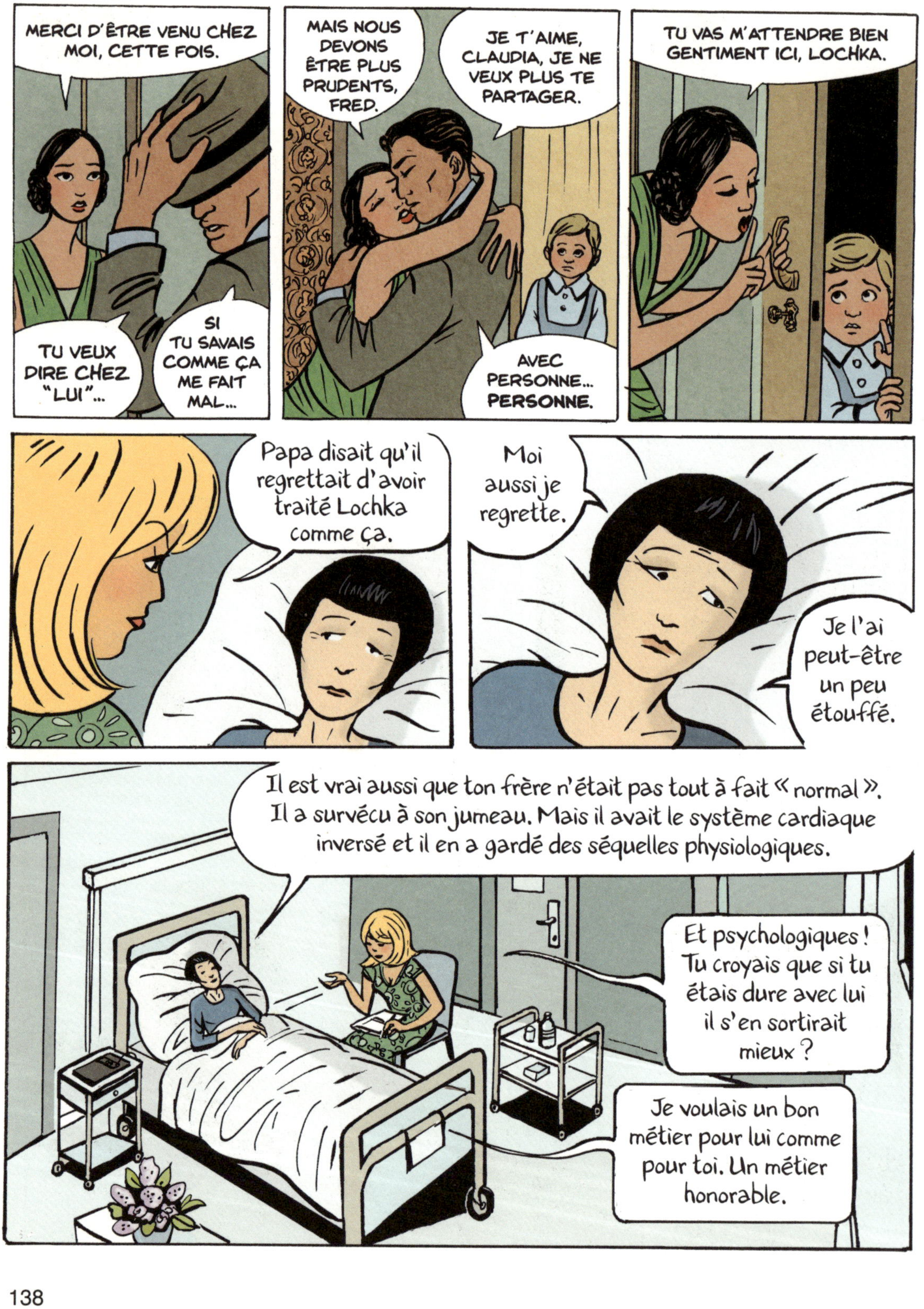
MERCI D'ÊTRE VENU CHEZ MOI, CETTE FOIS.
TU VEUX DIRE CHEZ "LUI"...
SI TU SAVAIS COMME ÇA ME FAIT MAL...
MAIS NOUS DEVONS ÊTRE PLUS PRUDENTS, FRED.
JE T'AIME, CLAUDIA, JE NE VEUX PLUS TE PARTAGER.
AVEC PERSONNE... PERSONNE.
TU VAS M'ATTENDRE BIEN GENTIMENT ICI, LOCHKA.
Papa disait qu'il regrettait d'avoir traité Lochka comme ça.
Moi aussi je regrette.
Je l'ai peut-être un peu étouffé.
Il est vrai aussi que ton frère n'était pas tout à fait « normal ». Il a survécu à son jumeau. Mais il avait le système cardiaque inversé et il en a gardé des séquelles physiologiques.
Et psychologiques ! Tu croyais que si tu étais dure avec lui il s'en sortirait mieux ?
Je voulais un bon métier pour lui comme pour toi. Un métier honorable.

Lochka a fini par abdiquer.
Il n'a pas pu réaliser ses ambitions professionnelles.
Tu n'y penses pas, mon fils, un cuisinier dans notre famille... Que diraient les gens ?
Ses rêves d'amour ont été brisés aussi.
Et cette Espagnole, cette Lolita, elle a dix ans de plus que toi, ça ne se fait pas ! Oublie-la.
Finalement, ton frère a eu un emploi de cadre et une femme de son âge.
Elle a même été la maîtresse de Robert Taylor !
Tu parles, une nuit !
Marie-Thérèse lui convenait parfaitement. Elle avait une bonne place de vendeuse au Printemps. Et lui se trouvait très content d'être salarié.
Vendeur de graines pour animaux, en quoi est-ce plus honorable que cuisinier ?
Mon frère n'était pas heureux, tu le sais bien.

Lochka n'avait aucune estime de lui.
C'est gentil de visiter ton vieux frère, Marie-Hélène... Pardon ! Il faut dire Mylène, maintenant.
Arrête, Lochka. Pour toi, je serai toujours « Mops »...
Il se trouvait moins intéressant que moi.
Mops n'existe plus. Tu es devenue une star qui voyage dans le monde entier, alors que moi je reste là. C'est toi qui as réalisé les rêves de Maman.
Mais c'est toi qu'elle veut garder auprès d'elle.
Au fond, nous avions un manque affectif.
Ma vie n'est pas joyeuse comme la tienne.
Détrompe-toi, ma vie n'est pas toute rose.
Je venais de me marier avec Coste...
... et j'étais dans une forme d'abnégation.
Tu as toujours été faible en amour, ma pauvre Micha.
Je suis fatiguée, il faut que je me repose, maintenant. Va rejoindre Marc.
Ton mari a besoin de toi.

VILLEBOUZIN, 1985.
Ne me quitte pas, mon amour.
Je t'avais prévenu, Marc. Je t'aime, mais je suis à bout.
Entre ma mère et toi, je finis par passer ma vie à l'hôpital !
Je suis tellement désolé. C'est la dernière fois que je viens dans cette clinique, fini l'alcool, je te jure !
Des promesses ! Comment te croire encore ?
Je t'aime, crois-moi ! Je veux me marier avec toi.
Nous sommes déjà mariés depuis 18 ans, Marc !!!
À la mairie, oui. Mais pas encore à l'église.

QUITTE CET HOMME, VIENS VIVRE AVEC MOI, JE T'AIME COMME UN FOU.
ALORS ÉPOUSE-MOI.
TU SAIS BIEN QUE JE NE PEUX PAS... MA FAMILLE...
TA FAMILLE! TU NE M'AIMES PAS, C'EST TOUT!
ARRÊTE, FRED. ELLE EST BELLE, C'EST VRAI, MAIS IL Y EN A DES CENTAINES COMME ÇA. JE VAIS T'EN PRÉSENTER, MOI!
TU NE SAIS PAS DE QUOI TU PARLES.
JE L'AIME...
AHAHAH, TU NE VAS PAS LA RAMENER À NICE! NON MAIS TU IMAGINES LA TÊTE DE TA MÈRE?
UNE RUSSE BLANCHE, DIVORCÉE, ET QUI PLUS EST AVEC UN ENFANT : C'EST VRAIMENT LA BRU IDÉALE CHEZ LES DEMONGEOT!
JE N'EN PEUX PLUS, SIS.
JE NE SAIS PAS COMBIEN DE TEMPS JE VAIS TENIR AVANT QUE LOUIS NE DÉCOUVRE TOUT À PROPOS DE FRED...
C'EST AFFREUX DE DEVOIR ENCORE COUCHER AVEC LOUIS, SI TU SAVAIS...
VOILÀ FRED!
FRED! MON CHÉRI...
CLAUDIA... J'AI QUELQUE CHOSE D'IMPORTANT À TE DIRE.

JE VAIS PARTIR. QUITTER SHANGHAI.
QUOI?
J'AI DEMANDÉ UN CONGÉ. MA MÈRE A BESOIN DE MOI, JE DOIS RÉGLER PLUSIEURS AFFAIRES EN FRANCE.
MAIS CE N'EST PAS POSSIBLE... QUAND... QUAND REVIENDRAS-TU?
JE NE REVIENDRAI PAS, CLAUDIA. JE NE PEUX PLUS VIVRE ICI.
JE SUIS NOMMÉ À LA BANQUE D'INDOCHINE À PARIS.
JE COMMENCE DANS TROIS MOIS, DÈS APRÈS MON CONGÉ.
TU ME QUITTES! TU FUIS!
TU NE PEUX PAS ME FAIRE ÇA! TU N'AS PAS LE DROIT!
JE PARS DANS UNE SEMAINE, CLAUDIA... ACCOMPAGNE-MOI AU BATEAU, S'IL TE PLAÎT... JE T'EN PRIE.
JAMAIS! JAMAIS! VA-T'EN, JE NE VEUX PLUS JAMAIS TE REVOIR!

QUE SE PASSE-T-IL, MA PETITE CHÉRIE? CELA FAIT DES JOURS QUE TU NE VEUX PLUS SORTIR.
TU N'ES PAS MALADE AU MOINS?
LOUIS… OH! LOUIS, JE T'AI TROMPÉ!
C'EST FRED DEMONGEOT… IL EST PARTI POUR TOUJOURS…
… ET JE VAIS EN MOURIR.
ALLONS, C'EST FINI. JE TE PARDONNE, TU ES JEUNE, C'EST NORMAL.
MAIS JE SUIS LÀ, TU L'OUBLIERAS VITE, TU VERRAS…
UN HOMME COMME ÇA N'ÉPOUSE JAMAIS UNE FILLE COMME TOI, MON PETIT. MÊME DANS LES CONTES DE FÉES.
NE PLEURE PLUS. CE SOIR, JE T'EMMMÈNE DANSER. FAIS-TOI BELLE, ET TU NE PENSERAS PLUS À TOUT ÇA.
FRED!!
OH! MON DIEU… FRED!!

UNE LETTRE POUR VOUS, MADEMOISELLE...
SIS! C'EST LUI!! C'EST FRED! IL M'A ÉCRIT!
IL DIT QU'IL A ESSAYÉ, MAIS IL NE PARVIENT PAS À M'OUBLIER.
IL SOUFFRE ÉPERDUMENT LOIN DE MOI... IL NE VEUT PLUS RIEN, NI PERSONNE D'AUTRE...
SIS, JE LE SAVAIS! IL VA REVENIR, J'EN SUIS SÛRE!
IL FAUT QUE JE LUI RÉPONDE, TOUT DE SUITE!

CALME-TOI, LOUIS VA SE DOUTER DE QUELQUE CHOSE À TE VOIR DANS CET ÉTAT.
BIEN SÛR... TU AS RAISON. MAIS COMMENT FAIRE ? JE SUIS SI HEUREUSE...
ET SI TU LUI PARLAIS D'ALLER UN PEU À KHARBIN, VOIR LES PARENTS ?
ILS N'ONT PAS VU LOCHKA DEPUIS DES ANNÉES.
EMMENER LOCHKA VOIR TES PARENTS ?
MAIS OUI, C'EST UNE BONNE IDÉE. JE VAIS VOUS PRENDRE DES BILLETS SUR LE MEILLEUR BATEAU, MA CHÉRIE.
MERCI, LOUIS.
ÇA TE FERA SANS DOUTE DU BIEN DE VOYAGER.

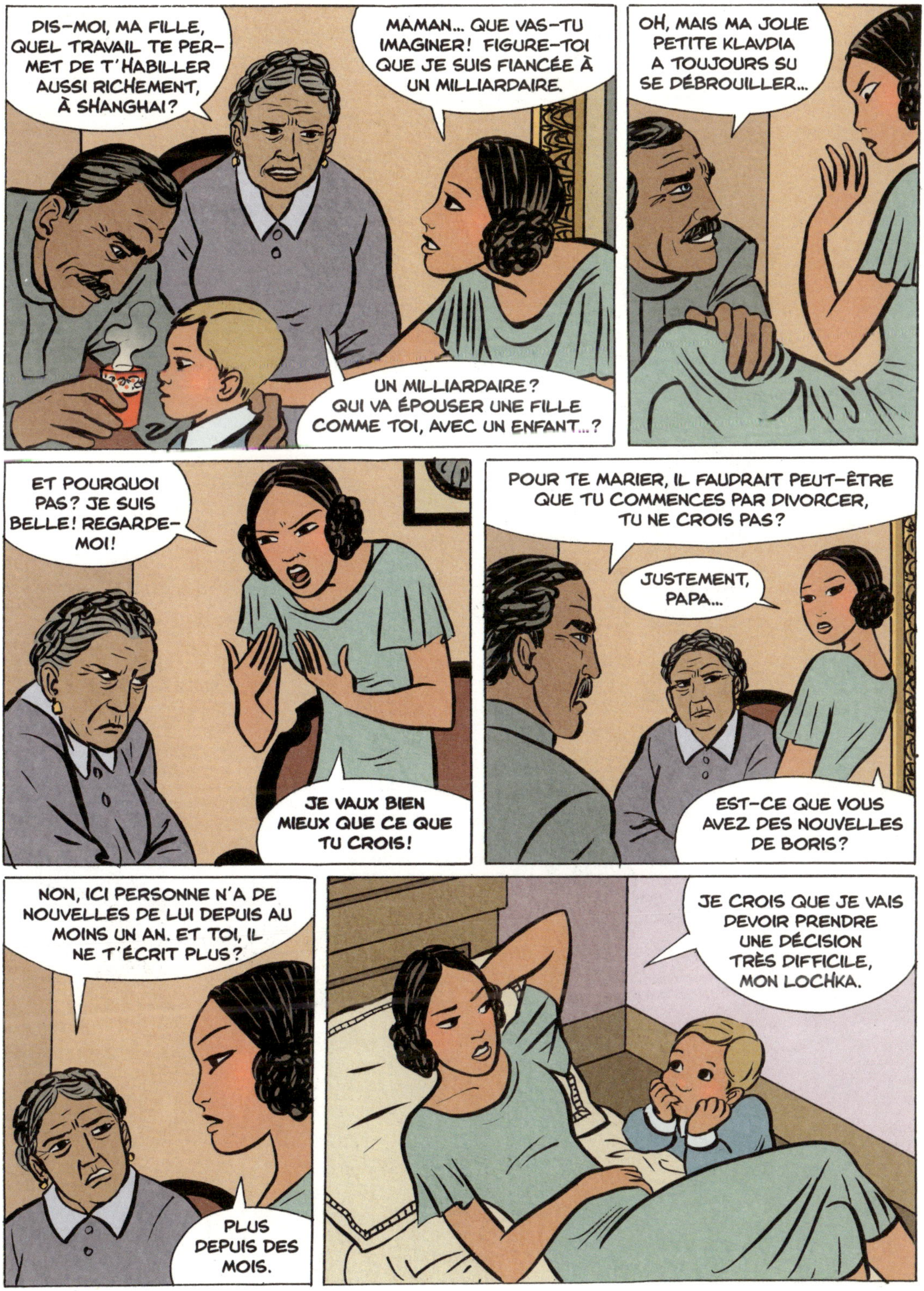
DIS-MOI, MA FILLE, QUEL TRAVAIL TE PERMET DE T'HABILLER AUSSI RICHEMENT, À SHANGHAI?
MAMAN... QUE VAS-TU IMAGINER! FIGURE-TOI QUE JE SUIS FIANCÉE À UN MILLIARDAIRE.
UN MILLIARDAIRE? QUI VA ÉPOUSER UNE FILLE COMME TOI, AVEC UN ENFANT...?
OH, MAIS MA JOLIE PETITE KLAVDIA A TOUJOURS SU SE DÉBROUILLER...
ET POURQUOI PAS? JE SUIS BELLE! REGARDE-MOI!
JE VAUX BIEN MIEUX QUE CE QUE TU CROIS!
POUR TE MARIER, IL FAUDRAIT PEUT-ÊTRE QUE TU COMMENCES PAR DIVORCER, TU NE CROIS PAS?
JUSTEMENT, PAPA...
EST-CE QUE VOUS AVEZ DES NOUVELLES DE BORIS?
NON, ICI PERSONNE N'A DE NOUVELLES DE LUI DEPUIS AU MOINS UN AN. ET TOI, IL NE T'ÉCRIT PLUS?
PLUS DEPUIS DES MOIS.
JE CROIS QUE JE VAIS DEVOIR PRENDRE UNE DÉCISION TRÈS DIFFICILE, MON LOCHKA.

KLAVDIA, MA PETITE CHÉRIE...
COMMENT S'EST PASSÉ TON VOYAGE ?
LOUIS, J'AIMERAIS TE PARLER.
J'AI DÉCIDÉ DE ROMPRE. TOUT EST FINI ENTRE NOUS.
COMMENT ? MAIS QU'EST-CE QUE TU RACONTES ?
ÇA NE ME FAIT PAS RIRE DU TOUT, KLAVDIA.
CE N'EST PAS MON INTENTION.
TU N'ES QU'UNE STUPIDE IDIOTE, APRÈS TOUT CE QUE J'AI FAIT POUR TOI !
MAIS QU'ESPÈRES-TU ? TRAVAILLER ? TU NE SAIS RIEN FAIRE.
PAUVRE PETITE RUSSE PRÉTENTIEUSE, TU T'IMAGINES PEUT-ÊTRE QUE TON FRANÇAIS VA REVENIR ?
OH NON, MA PETITE, TU NE PRENDS PAS TOUT ÇA. CE N'EST PAS À TOI.
TU VEUX PARTIR, À TA GUISE. MAIS AVEC CE QUE TU AS SUR LE DOS. TOUT LE RESTE M'APPARTIENT.
JE NE T'AIDERAI PAS À ME QUITTER, TU DOIS PARTIR SANS RIEN. MAIS LA PORTE RESTE OUVERTE.
JE TE PARDONNERAI ÇA AUSSI, KLAVDIA...

* EN FRANÇAIS DANS LE TEXTE.

IL DIT QU'IL A RÉUSSI À CONVAINCRE SA FAMILLE!
MAIS OUI... IL EST SÉRIEUX...
EH BEN MOI J'AIME PAS FRED.
IL FAUT QUE TU DIVORCES AU PLUS VITE, KLAVDIA. TU DOIS ALLER AU CONSULAT DÈS QUE POSSIBLE.
ET VOILÀ AUJOURD'HUI QUATRE ANS QUE MON MARI M'A ABANDONNÉE, SANS UN SOU, AVANT MÊME MON ACCOUCHEMENT, MONSIEUR.
JE PENSE QUE VOUS POUVEZ ENVISAGER LE DIVORCE PAR ABANDON. MAIS JE VOIS QUE...
VOUS N'ÊTES PAS MARIÉE CIVILEMENT.
VOUS N'ÊTES MARIÉE QUE DEVANT LE POPE. AUX YEUX DE LA LOI, VOUS ÊTES LIBRE.
JE VAIS ME MARIER, LOUIS. JE TENAIS À VENIR TE L'APPRENDRE MOI-MÊME. FRED DEMONGEOT A DEMANDÉ MA MAIN.
CHAPEAU BAS, PETITE INTRIGANTE. LE PAUVRE HOMME NE SAIT PAS DANS QUOI IL S'EMBARQUE, JE LE PLAINS.

PARIS, 1986.
J'avais enfin obtenu ce que je voulais, le mariage avec Fred. Les sarcasmes de Louis ne m'atteignaient pas.
Quelle opiniâtreté, Maman !
Ne l'oublie pas, les femmes doivent prendre la place qu'on ne veut pas leur donner.
Il faut de la force et tu as de qui tenir !
HA! HA!
Avec une mère comme toi, bon sang ne saurait mentir !
Il n'y a pas que moi ! Ta grand-mère paternelle était aussi une femme remarquable.
Je l'aimais beaucoup.
Moi aussi.
Épouser un militaire sans fortune contre l'avis de sa famille issue de la noblesse italienne était une gageure.
C'était surtout une sottise ! Un homme sans le sou, et comme les autres, lâche et infidèle.
Pourtant elle ne s'est jamais plainte. Elle a assumé ses quatre fils seule.
Ton père a eu de la chance d'avoir une mère si courageuse.

Il a d'ailleurs toujours été proche d'elle, même quand il est parti en Chine.
Et ses frères ?
Jean est mort très jeune, Pompon est entré au couvent et Riquet vivait près d'elle à Nice.
Heureusement que Nonna avait ses fils, parce que son Marcel n'était pas à la hauteur.
J'ai découvert avec eux ce que signifiait l'amour filial. Chez nous, ça n'existait pas.
Ta tante et moi, nous avons quitté l'Ukraine et nos parents sans regret. Notre frère est resté uniquement parce qu'il n'avait pas les moyens de s'en aller à ce moment-là...
Dès qu'il a pu, Paul est parti faire sa vie à New York, et on s'est perdus de vue.
Micha, il faut éviter de subir sa vie. Même dans le malheur, il faut tout faire pour choisir son destin.

ACCOMPLISSEMENT

SIS, LÈVE-TOI! ALLONS, DÉPÊCHEZ-VOUS! NOUS ALLONS ÊTRE EN RETARD AU PORT!
SIS, DIS-MOI... SUIS-JE BELLE?
JE NE SUIS PAS TROP MAQUILLÉE?
ENFIN!!
LÀ-HAUT, C'EST LUI, C'EST LUI!
J'AI SI PEUR QU'ON NE SE PLAISE PLUS, APRÈS UN AN...

FRED!
TU ES MON FILS MAINTENANT, MON PETIT LOCHKA.

TU AS HONTE DE MOI, C'EST ÇA?
MAIS DE QUOI PARLES-TU?
JE VOULAIS AVOIR LE PLUS BEAU DES MARIAGES, UNE FÊTE INOUBLIABLE, ET J'AI EU UN MARIAGE À LA SAUVETTE!
PERSONNE N'ÉTAIT AU COURANT DANS TOUT SHANGHAI!
MAIS C'EST IDIOT. TU ES MA FEMME ADORÉE, C'EST TOUT CE QUI COMPTE, NON?
NON.
J'AVAIS UNE REVANCHE À PRENDRE, TU NE COMPRENDS DONC RIEN?
ALLONS, NE FAIS PLUS LA TÊTE. NOUS PARTONS BIENTÔT POUR NICE. TU VAS ADORER LA FRANCE.
NOUS ARRIVONS DEMAIN À MARSEILLE, MON AMOUR.
OH, FRED, J'AURAIS VOULU QUE CE VOYAGE NE FINISSE JAMAIS...

TIENS, REGARDE LÀ-BAS, LA STATUE DE LA SAINTE VIERGE.
C'EST ÇA MARSEILLE? C'EST LAID... ET SALE.
AH AH AH ! NICE TE PLAIRA BEAUCOUP PLUS.
J'ESPÈRE BIEN, PARCE QU...
AH!
CLAUDIA? TU T'ES FAIT MAL?
NON...
FRED, MON VIEUX!
RIQUET!

RIQUET, VOICI CLAUDIA, DONT JE T'AI TANT PARLÉ... LA FEMME DE MA VIE.
ET SON FILS... MON FILS, LOCHKA.
CLAUDIA, JE TE PRÉSENTE MON FRÈRE, RIQUET.
C'EST TON... TON FRÈRE...?
BIENVENUE EN FRANCE ET DANS NOTRE FAMILLE, CHÈRE CLAUDIA.
MON DIEU... C'EST SON FRÈRE...
MA CHÉRIE, TU ES TOUTE PÂLE, TU NE TE SENS PAS BIEN?
JE... NON... C'EST... C'EST LA FATIGUE DU VOYAGE, CE N'EST RIEN...
VENEZ, MA VOITURE EST LÀ-BAS.
AH! MES EN-FANTS!
VOUS VOILÀ ENFIN.
SOYEZ LA BIENVENUE, CLAUDIA. JE SUIS RAVIE DE VOUS RENCONTRER.

TU FAIS VRAIMENT DES PROGRÈS EXTRAORDINAIRES EN FRANÇAIS, CLAUDIA.
TIENS, JE T'AI MIS CE LIVRE DE CÔTÉ. JE SUIS SÛRE QU'IL TE PLAIRA BEAUCOUP.
MERCI NONNA... J'AP-PRÉCIE.
VOUS M'AVEZ SI BIEN ACCUEILLIE. VOUS M'AIDEZ TANT.
FRED T'AIME, CLAUDIA. TU ES DEVENUE MA FILLE.
JE SAIS QUE ÇA N'A PAS DÛ ÊTRE FACILE D'ACCEPTER QU'IL ÉPOUSE UNE DIVORCÉE.
OH NON! NE CROIS PAS ÇA.
MAIS J'AURAIS AIMÉ QUE VOUS PUISSIEZ VOUS MARIER DEVANT DIEU.
ET CE DÉTECTIVE PRIVÉ QU'AVAIT ENGAGÉ FRED, IL A RETROUVÉ TON PREMIER MARI?
OUI. IL VIT TOUJOURS À NEW YORK. PLUS OU MOINS ENTRETENU PAR SA FILLE, SI J'AI BIEN COMPRIS.
CELLE QU'IL A EUE DE SON PREMIER MARIAGE.
IL SAIT POUR LE DIVORCE, IL SAIT POUR FRED ET MOI... IL N'A RIEN DIT. IL N'A PAS NON PLUS MANIFESTÉ LE MOINDRE DÉSIR DE RENCONTRER LOCHKA. C'EST POURTANT SON FILS.
C'EST TROP TARD, JE SUPPOSE... LE PAUVRE HOMME.

TOUT DE MÊME, JE REGRETTERAI TOUJOURS QU'ON N'AIT PAS PU ANNULER LE MARIAGE RELIGIEUX.
MÊME MON VOYAGE AU VATICAN A ÉTÉ INUTILE.
QUAND VOUS ME FEREZ LE BONHEUR DE ME DONNER UN PETIT-ENFANT...
OH, UN ENFANT...
... IL FAUDRA QU'IL SOIT CATHOLIQUE... TU COMPRENDS?
OUI. OUI, BIEN SÛR.
C'EST LA CATASTROPHE! UN DÉSASTRE TOTAL!
NOUS AVONS TOUT PERDU... TOUT NOTRE ARGENT... LA FAMILLE EST RUINÉE...
PAR MA FAUTE...
LA BOURSE S'EST EFFONDRÉE... TOUT CE QUE JE VOUS AVAIS CONSEILLÉ À TOUS D'Y PLACER EST PARTI EN FUMÉE...
LA PRESSE APPELLE DÉJÀ ÇA LE "JEUDI NOIR".
MAIS TON AMI, IL T'AVAIT CONSEILLÉ...
IL S'EST SUICIDÉ, MAMAN...
ET TU COMPTES EN FAIRE AUTANT? MAIS COMMENT PEUT-ON ÊTRE ASSEZ BÊTE POUR FAIRE CONFIANCE AU PREMIER VENU! ET PLACER TOUS SES OEUFS DANS LE MÊME PANIER! AH, BRAVO, TU PEUX TE VANTER D'AVOIR RUINÉ TOUT LE MONDE À TOI TOUT SEUL!

MA CHÈRE SIS, COMME TU ME MANQUES, COMME J'AIMERAIS QUE TU SOIS ICI, À MES CÔTÉS.
FRED ME DÉÇOIT, ET JE NE PEUX M'EMPÊCHER DE LE COMPARER À SON FRÈRE RIQUET.
MAIS JE SUIS LA FEMME DE SON FRÈRE, JE SUIS TRANSPARENTE À SES YEUX.
J'AI TROUVÉ MON MAÎTRE. MON PRINCE, MON AUTRE MOI-MÊME. ET IL EST INACCESSIBLE.
DÈS QUE JE L'AI VU, J'AI SENTI UNE LAME ME TRANSPERCER.
MA PAUVRE CHÈRE SOEUR, TU TE PRENDS TOUJOURS POUR SCARLETT O'HARA, ET TU N'AIMES QUE CE QUE TU NE PEUX PAS AVOIR.
JE LE RESPECTE ET JE L'AIME PLUS ENCORE D'ÊTRE CE GENRE D'HOMME.
JE ME SUIS ARRACHÉ LE COEUR, JE L'AI MIS DANS UN TIROIR ET J'AI FERMÉ À CLEF. POUR TOUJOURS.
AH, CLAUDIA, TU ES LÀ! JE TE CHERCHAIS.
NOUS ALLONS REPARTIR, MA CHÉRIE.
NOUS RETOURNONS À SHANGHAI ? JE VAIS REVOIR SIS ?
NON. À SAIGON. J'AI ACCEPTÉ UN POSTE À LA BANQUE D'INDOCHINE.
NOUS ALLONS AUSSI DEVOIR COMMENCER À FAIRE DES ÉCONOMIES.
ALORS NOUS ALLONS QUITTER NONNA, QUITTER LA FRANCE, NICE...
RIQUET...

NOTRE NOUVELLE MAISON TE PLAÎT, CLAUDIA ?
OUI!
J'AI ENFIN UNE MAISON À MOI!
LE GRAND DIRECTEUR SOUHAITE ME RENCONTRER, NOUS ALLONS PARTIR À SINGAPOUR.
NOUS NE SERONS ABSENTS QUE PEU DE TEMPS. SI TU ES D'ACCORD, LOCHKA POURRA RESTER AVEC SA NOUNOU ET NE PAS MANQUER L'ÉCOLE.
OUI, TRÈS BIEN, IL DOIT PERFECTIONNER SON FRANÇAIS. JE ME RENDS COMPTE QU'IL OUBLIE DÉJÀ LE RUSSE, C'EST DOMMAGE.

IL FAUDRAIT QUE TU PARLES DE TON AVENIR AVEC LE DIRECTEUR. SOIS UN PEU AMBITIEUX, QUE DIABLE !
SEA VIEW HOTEL
OUI, OUI, MA CHÉRIE, J'Y PENSERAI...
BIEN SÛR, TU NE LUI AS PAS PARLÉ.
PFF... TU NE SERAS JAMAIS QUELQU'UN.
ET JE DÉTESTE CETTE CHALEUR...!
ARRÊTE, NOUS RENTRONS DEMAIN...
AH, LOCHKA, TU M'AS MANQUÉ, FISTON !
DIS-MOI, CLAUDIA, MA CHÉRIE, TU N'AS RIEN DE PARTICULIER PRÉVU POUR CE SOIR ?
JE JOUE AU BRIDGE CET APRÈS-MIDI, MAIS RIEN CE SOIR, NON...
JE SAIS QUE TU DÉTESTES LA DROGUE MAIS... J'AI VRAIMENT ENVIE D'ESSAYER L'OPIUM. JUSTE UNE FOIS...
AH NON, TU NE VAS PAS ENCORE ME REBATTRE LES OREILLES AVEC ÇA, PITIÉ !
D'ACCORD, D'ACCORD, JE T'ACCOMPAGNERAI, MAIS TAIS-TOI !

AHAHAH ! JE T'AVAIS BIEN PRÉVENU !
BEEEURP... ÇA VA, ARRÊTE, JE T'EN PRIE... BEURGGG...
TU ES DÉCIDÉMENT UN FAIBLE, MON PAUVRE FRED...
LA SEMAINE PROCHAINE, J'AIMERAIS ALLER VISITER ANGKOR.
TU NE VAS PAS CHASSER ?
NON, J'IRAI LE WEEK-END SUIVANT.
NOUS POURRIONS Y ALLER AVEC DES AMIS, QU'EN PENSES-TU ?
TU SAIS QUE JE NE RAFFOLE PAS DE CES EXCURSIONS. J'AIME LA VILLE.
S'IL TE PLAÎT... ALLONS-Y... IL PARAÎT QUE C'EST MERVEILLEUX.

MAUDITS MOUSTIQUES! JE SUIS COUVERTE DE CLOQUES !
TOUT LE MONDE T'AVAIT DIT DE TE METTRE EN PANTALON, MA CHÉRIE...
ÇA VA, FICHE-MOI LA PAIX!
ALLONS, REGARDE... C'EST MAGNIFIQUE, N'EST-CE PAS...
OUI, OUI... MAIS ARRÊTE DE ME TENIR COMME ÇA, IL FAIT TROP CHAUD!

TU ES SÛRE QUE TU NE VEUX PAS VENIR, CETTE FOIS ?
TU SAIS QUE JE N'AIME PAS LA CHASSE... JE PRÉFÈRE RESTER AVEC LOCHKA.
ALORS À DIMANCHE, MA CHÉRIE...
REPOSE-TOI BIEN.
DIS, PAPA RENTRE BIENTÔT ?
IL SERA LÀ DEMAIN MATIN QUAND TU TE RÉVEILLERAS, TU VERRAS. ALLEZ, DORS, MAINTENANT.
IL DEVRAIT DÉJÀ ÊTRE LÀ.
DRIIIN
OUI, JE SUIS MADAME DEMONGEOT, OUI... QUOI? OH MON DIEU ! MAIS OÙ EST-IL ?

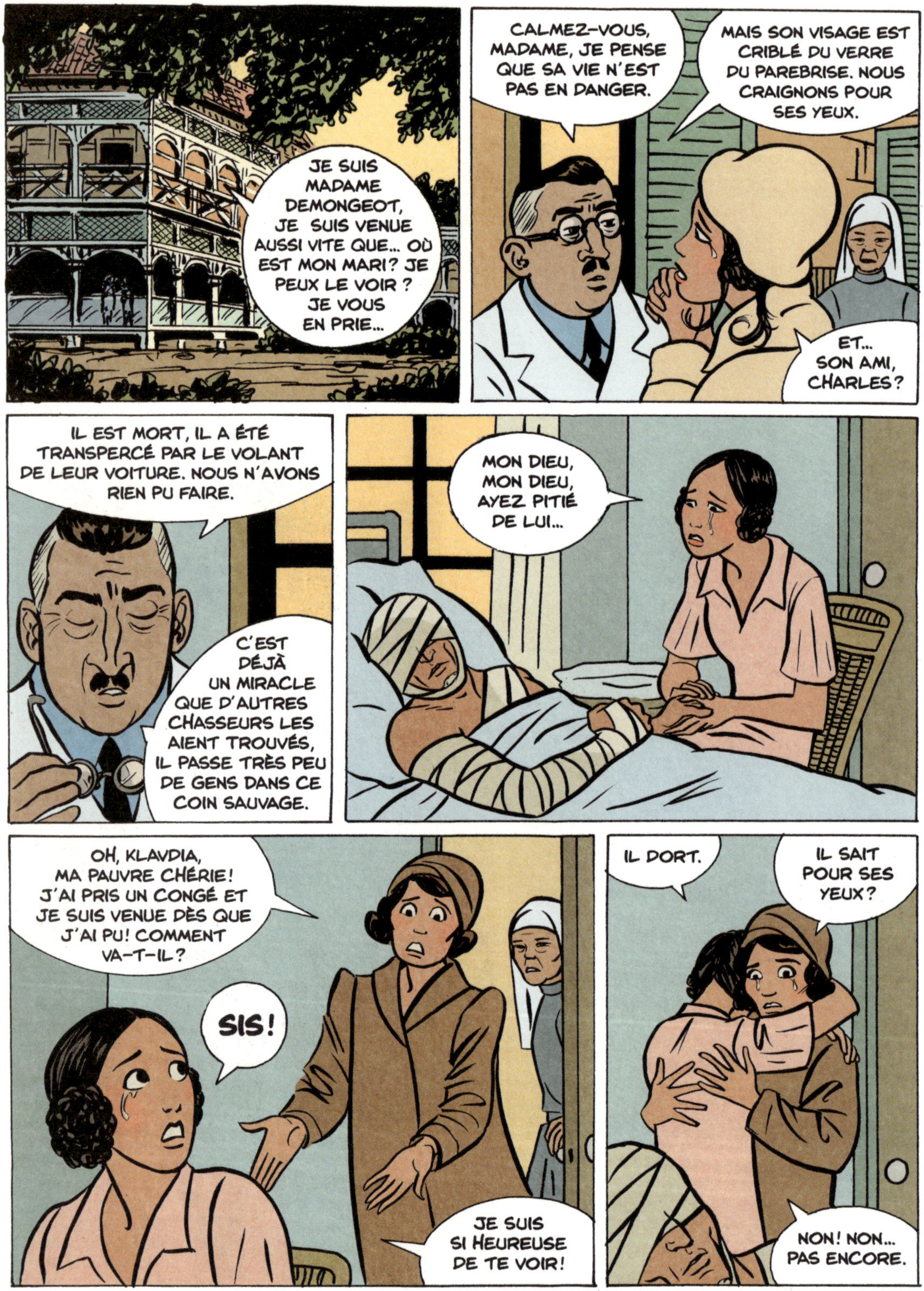
JE SUIS MADAME DEMONGEOT, JE SUIS VENUE AUSSI VITE QUE... OÙ EST MON MARI? JE PEUX LE VOIR ? JE VOUS EN PRIE...
CALMEZ-VOUS, MADAME, JE PENSE QUE SA VIE N'EST PAS EN DANGER.
MAIS SON VISAGE EST CRIBLÉ DU VERRE DU PAREBRISE. NOUS CRAIGNONS POUR SES YEUX.
ET... SON AMI, CHARLES?
IL EST MORT, IL A ÉTÉ TRANSPERCÉ PAR LE VOLANT DE LEUR VOITURE. NOUS N'AVONS RIEN PU FAIRE.
C'EST DÉJÀ UN MIRACLE QUE D'AUTRES CHASSEURS LES AIENT TROUVÉS, IL PASSE TRÈS PEU DE GENS DANS CE COIN SAUVAGE.
MON DIEU, MON DIEU, AYEZ PITIÉ DE LUI...
OH, KLAVDIA, MA PAUVRE CHÉRIE! J'AI PRIS UN CONGÉ ET JE SUIS VENUE DÈS QUE J'AI PU! COMMENT VA-T-IL?
SIS!
JE SUIS SI HEUREUSE DE TE VOIR!
IL DORT.
IL SAIT POUR SES YEUX?
NON! NON... PAS ENCORE.

IL FAUT QUE TU M'AIDES POUR LOCHKA... IL EST PERSUADÉ QUE SON "PÈRE" VA MOURIR, IL EST TERRIBLEMENT ANGOISSÉ, IL NE DORT PLUS...
ET MOI JE PASSE TOUT MON TEMPS ICI, AU CHEVET DE FRED.
NE T'EN FAIS PAS, JE M'EN OCCUPE. TOI, OCCUPE-TOI DE FRED.
L'OPÉRATION S'EST BIEN PASSÉE, MADAME DEMONGEOT. NOUS AVONS DÛ LUI RETIRER L'OEIL GAUCHE. MAIS NOUS ESPÉRONS LUI SAUVER LE DROIT.
BONJOUR FRED. COMMENT VONT VOS MIGRAINES ?
UN PEU MIEUX. MAIS J'AI TERRIBLEMENT MAL À L'OEIL GAUCHE. C'EST NORMAL ?
QUE SE PASSE-T-IL ?
MAIS RIEN... TOUT VA BIEN. L'INFIRMIÈRE VA VOUS RETIRER LES BANDAGES.
ENFIN !

ET CES PANSEMENTS SUR MES YEUX? QUAND EST-CE QU'ON ME LES ENLÈVE?
CLAUDIA? QU'EST-CE QUI SE PASSE?
JE SUIS AVEUGLE, C'EST ÇA?
EST-CE QUE J'AI PERDU MES YEUX?? POURQUOI NE DITES-VOUS RIEN??
CLAUDIA! RÉPONDS-MOI!!
CLAUDIA! OÙ ES-TU? CLAUDIA!
TU VOIS, MÊME À LA BANQUE, ILS M'ONT DÉJÀ REMPLACÉ.
3 MOIS... ILS N'AURONT PAS ATTENDU LONGTEMPS.
TU POURRAS Y RETRAVAILLER, FRED. MAIS IL FAUT TE REMETTRE D'ABORD.
JE SUIS UN POIDS POUR TOUT LE MONDE. JE LE SAIS BIEN.

PAPA ?
LOCHKA, MON FILS ! TU...
AH !
JE LUI FAIS PEUR, JE SUIS DEVENU UN MONSTRE... MON DIEU.
IL A ÉTÉ SURPRIS, C'EST TOUT.
VIENS TE COUCHER, TU ES ÉPUISÉ.
TOUT FINIRA PAR S'ARRANGER, TU VERRAS.
SIS ! SIS ! RÉVEILLE-TOI ! JE T'EN PRIE.

MAIS QUE SE PASSE-T-IL, KLAVDIA?
C'EST FRED, JE CROIS QU'IL VA FAIRE UNE BÊTISE! VIENS VITE!
FRED!
TU ES DEVENU FOU?
ASSEZ!
TU TE RENDS COMPTE QUE TU DEVRAIS ÊTRE AVEUGLE, OU MORT? ALORS ASSEZ DE SELF-PITY!
TU VAS REPRENDRE TON TRAVAIL. ET LES CHOSES VONT RENTRER DANS L'ORDRE.

JE NE SAIS MÊME PLUS POURQUOI JE RETOURNE TRAVAILLER...
TU DEVRAIS RÉCLAMER DE L'AVANCEMENT. ÇA TE REMO-TIVERAIT.
TU SAIS BIEN QUE J'AI ESSAYÉ...
NON. TU AS ESPÉRÉ UN POSTE. TU N'AS RIEN FAIT D'AUTRE...
J'AURAIS DÛ L'AVOIR. MAIS LE DIRECTEUR L'A DONNÉ À SON FILS. QU'EST-CE QUE JE POUVAIS FAIRE ?
CHERCHE AILLEURS, CROIS-MOI.
VOUS M'AVEZ DÉÇU, FRED. CHERCHER AILLEURS, COMME ÇA, SANS MÊME M'EN PARLER.
J'AI REFUSÉ TOUTES LES OFFRES, MONSIEUR.
ÉVIDEMMENT, PUISQUE PERSONNE NE VOUS A PROPOSÉ MIEUX.
VOUS COMPRENDREZ QUE JE NE PUISSE PAS CONTINUER À VOUS FAIRE CONFIANCE...
JE SUIS CONTENT DE RENTRER EN FRANCE, NOUS ALLONS REVOIR NONNA, MOI JAIME NONNA !
JE REGRETTERAI SAIGON.
JE SUIS DÉSOLÉ, CLAUDIA. J'AURAIS AIMÉ POUVOIR T'OFFRIR LA PREMIÈRE CLASSE...
NE T'EN FAIS PAS, AU FOND, JE SUIS HEUREUSE DE REN-TRER.

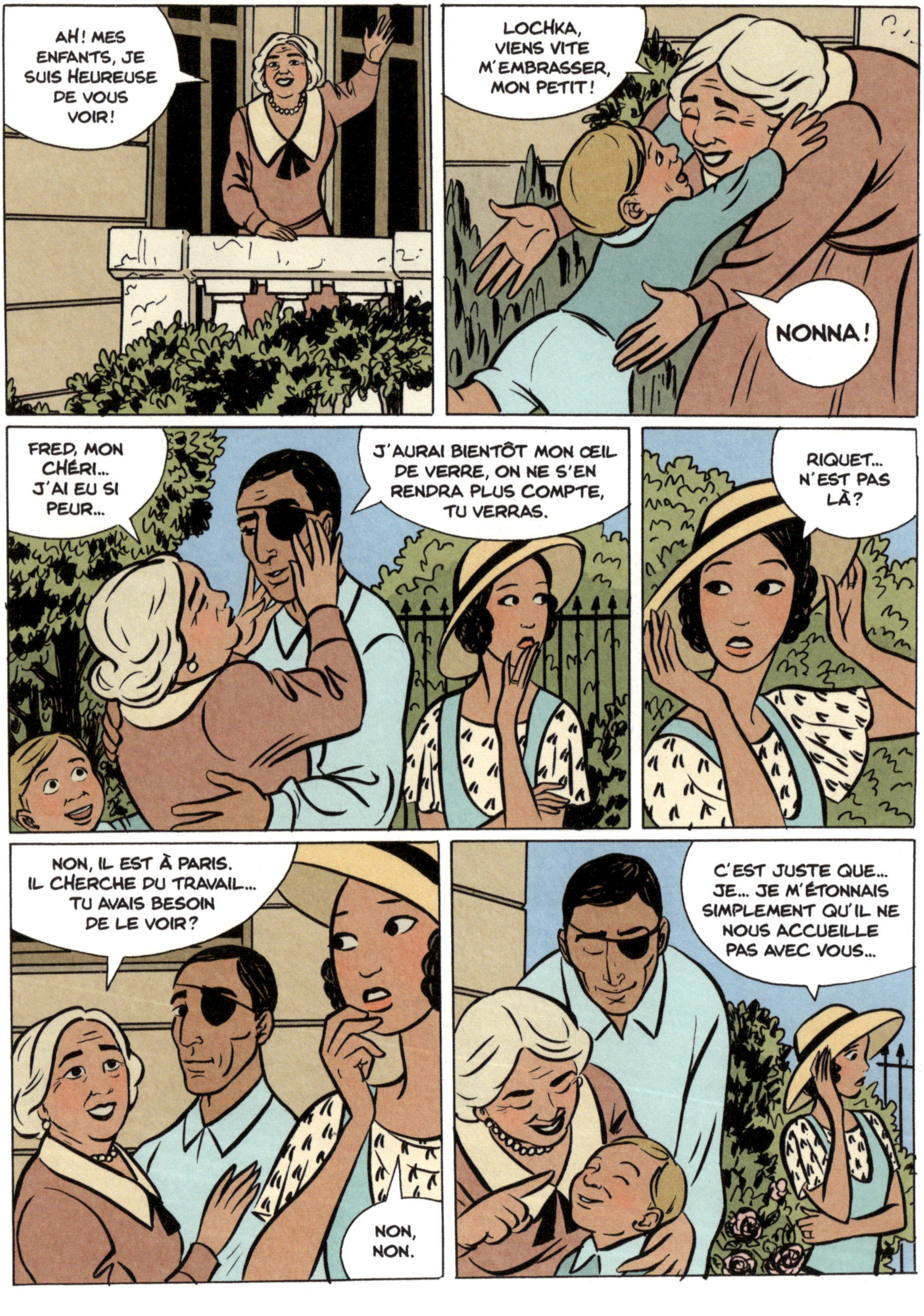
AH! MES ENFANTS, JE SUIS HEUREUSE DE VOUS VOIR!
LOCHKA, VIENS VITE M'EMBRASSER, MON PETIT!
NONNA!
FRED, MON CHÉRI... J'AI EU SI PEUR...
J'AURAI BIENTÔT MON ŒIL DE VERRE, ON NE S'EN RENDRA PLUS COMPTE, TU VERRAS.
RIQUET... N'EST PAS LÀ?
NON, IL EST À PARIS. IL CHERCHE DU TRAVAIL... TU AVAIS BESOIN DE LE VOIR?
NON, NON.
C'EST JUSTE QUE... JE... JE M'ÉTONNAIS SIMPLEMENT QU'IL NE NOUS ACCUEILLE PAS AVEC VOUS...

QUE FAIT-ON POUR LOCHKA ? IL AVAIT DE TRÈS MAUVAIS RÉSULTATS SCOLAIRES, À SAIGON.
LE MIEUX POUR LUI SERAIT DE LE METTRE EN PENSION.
MAIS ÇA NE SUFFIRA PAS, IL EST TRÈS EN RETARD.
AVEC LES PAPIERS EN RUSSE, ON POURRAIT ESSAYER DE TRICHER SUR SA DATE DE NAISSANCE...
BONNE IDÉE. RETIRONS-LUI 2 ANS.
QUANT À MES RECHERCHES D'EMPLOI, ELLES SONT AU POINT MORT.
TON FRÈRE POMPON A ÉCRIT.
MARCEL ? COMMENT VA-T-IL ?
BIEN. IL ENTRE AU COUVENT, CHEZ LES FRÈRES DOMINICAINS.
QUOI ? MAIS IL EST SI BRILLANT, IL PEUT FAIRE UNE CARRIÈRE...
IL N'EN A HÉLAS PAS LES MOYENS, CHÈRE CLAUDIA.
J'AI DE LA PEINE DE PERDRE MON FILS, BIEN SÛR. MAIS IL S'EST RAPPROCHÉ DE DIEU, ET S'IL EST HEUREUX...
... JE SUIS HEUREUSE AUSSI.
ET PUISQUE NOUS PARLONS DE TES FRÈRES, FRED...
RIQUET VIENT DÉJEUNER DIMANCHE. IL A UNE GRANDE NOUVELLE, PARAÎT-IL !

ALORS, RIQUET, QUELLE EST DONC CETTE GRANDE NOUVELLE QUE TU DOIS NOUS ANNONCER?
EH BIEN, FIGUREZ-VOUS, C'EST DÉCIDÉ...
JE ME MARIE.
AH AH! JE SAVAIS QUE J'ALLAIS VOUS SURPRENDRE. MAIS ÇA DEVAIT BIEN FINIR PAR ARRIVER UN JOUR OU L'AUTRE, N'EST-CE PAS?
JE VOUS LA PRÉSENTE DÈS LA SEMAINE PROCHAINE. JE SUIS SÛR QUE VOUS ALLEZ L'ADORER. ELLE EST CANADIENNE.
LES VOILÀ!
NOUS ALLONS ENFIN CONNAÎTRE CELLE QUI A CONQUIS NOTRE RIQUET. QUE JE SUIS IMPATIENTE...
MAMAN, FRED, CLAUDIA... JE VOUS PRÉSENTE MA FUTURE FEMME, ESMÉE.

HAAHAAHAHAHAA
HM... VIENS, MA CHÉRIE.
PASSONS AVEC MAMAN AU SALON.
MA CHÈRE SIS, JE SOUFFRE TERRIBLEMENT, JE MEURS DE JALOUSIE. QUI L'EÛT CRU, MOI, TA KLAVDIA, JALOUSE...
C'EST COMME UNE MALADIE, JE SUIS FOLLE DE LUI.
ELE EST SI LAIDE! ON DIRAIT UN CHEVAL. ET MOI, JE VAIS DEVOIR SUPPORTER LEUR MARIAGE. JE CROIS QUE JE POURRAIS EN MOURIR...

BEAU MARIAGE, N'EST-CE PAS?
HM...
J'AI RÉFLÉCHI, CLAUDIA. JE VAIS ALLER CHERCHER DU TRAVAIL À PARIS.
TU VEUX DÉMÉNAGER?
NON, TANT QUE JE N'AI RIEN, AUTANT QUE TU RESTES ICI, AVEC MAMAN, RIQUET. ET ESMÉE.
JE PRÉFÈRE QUE TU CONTINUES À T'AMUSER SI TU PEUX.
TU PENSERAS À TON VIEIL AMI, POUR LUI PORTER CHANCE.
"MON VIEIL AMI"... VOILÀ DONC OÙ NOUS EN SOMMES, APRÈS SEULEMENT SIX ANS DE MARIAGE...
IL Y A VINGT ANS À PEINE, NOS FAMILLES AURAIENT REFUSÉ AVEC MÉPRIS DE RECEVOIR UNE SEULE DE CES PERSONNES.
AUJOURD'HUI, NOUS NOUS PRESSONS À LA MOINDRE DE LEURS INVITATIONS. QUELLE IRONIE!
FRED REVIENT-IL BIENTÔT?
OUI.
D'ICI DEUX SEMAINES.

CLAUDIA... ME VOILÀ!
J'AI DÉCROCHÉ UN POSTE DE DIRECTEUR À L'INSTITUT FRANÇAIS DU CAOUTCHOUC.
NOUS ALLONS PARTIR POUR PARIS.
JE SUIS SI HEUREUX...
JE N'EN PEUX PLUS DE VIVRE ICI, AUX CROCHETS DE MAMAN...
CLAUDIA, MON AMOUR... TU M'AS TELLEMENT MANQUÉ...

LE DOCTEUR DIT QUE TU AS UNE FAMEUSE GRIPPE.
IL FAUT TE REPOSER SI TU VEUX ÊTRE REMISE POUR LES FÊTES, MA CHÉRIE.
JE NE VAIS PAS PRENDRE LE RISQUE DE RATER LA SOIRÉE DU NOUVEL AN, CROIS-MOI.
TU N'ES PAS TROP FATIGUÉE, TU ES SÛRE?
LE RÉVEILLON VA DURER LONGTEMPS. ON PEUT ANNULER, SI TU VEUX.
MAIS NON, VOYONS, JE SUIS PRATIQUEMENT GUÉRIE.
MA CLAUDIA...

LA MALADIE VOUS A AFFAIBLIE, CLAUDIA, VOUS AVEZ PERDU VOS DÉFENSES...
FÉLICITATIONS, VOUS ÊTES ENCEINTE.
ENCEINTE?
MAIS COMMENT EST-CE POSSIBLE? ET PUIS JE NE VEUX PAS! J'AI DÉJÀ UN FILS! ET J'AI 30 ANS, JE SUIS TROP ÂGÉE!
ET POURTANT...
ENCEINTE...
MON AMOUR, JE SUIS FOU DE JOIE!
ATTENTION, FRED, ELLE EST ENCEINTE!
Et voilà, la boucle est bouclée, tu es là, Micha...
Pour la suite, tu connais l'histoire, tu l'as vécue.
Tu te rends compte ? On a survécu, ma sœur et moi, à UNE révolution et à DEUX guerres mondiales !
Mais moi, j'ai dû affronter ça avec deux enfants.

Malgré son mariage avec ce Danois très gentil, Sis est morte à moitié folle. Elle me manque terriblement...
J'ai survécu à la mort de Fred, aussi...
Papa était si discret, je n'ai rien vu venir...
Je dois avouer qu'à cette époque, j'étais ailleurs...
J'étais toute jeune, complètement excitée par tous les bonheurs qui m'arrivaient.
Maman ! Papa ! Regardez ! Je suis sur la couverture !
Avec "Les sorcières de Salem", je suis la « RÉVÉLATION DE L'ANNÉE » !
Signoret m'avait prédit l'échec, elle peut aller se faire cuire un œuf !
Je n'avais pas seulement le succès...
Voici Henri...
Enchanté, monsieur Coste. Vos photos sont superbes.
Bien que notre fille soit un peu jeune pour poser !
J'avais aussi et surtout L'AMOUR !
Tu es la star des STARS !
Veux-tu m'épouser ?
Henri ♡ !

Je ne savais plus où donner de la tête.
MYLÈNE ! UNE INTERVIEW !!!
UN AUTOGRAPHE !
DES PHOTOS !
UN SOURIRE !
Les propositions affluaient de partout.
Otto Preminger va me faire tourner dans son adaptation de Sagan, "Bonjour tristesse", en Italie !
On est contents de te voir enfin.
Tout ce que je désirais se concrétisait.
Et je me suis MARIÉE !
QUOI ?!
Je suis madame Coste maintenant !
Et nous n'avons pas été invités au mariage ?!
Ma vie était un véritable tourbillon.
C'est honteux.
On avait peu de temps...
Et on voulait vous faire la surprise !
Je ne voulais voir que le positif.
Reviens vite nous voir... Nous ne sommes pas éternels !
Allons, Papa, tu es en pleine forme.
Je fermais volontiers les yeux sur le reste.
Fred, c'est quoi tous ces médicaments ?
Rien, j'ai un petit souci sans gravité.

La formidable carrière qui s'offrait soudainement à moi au cinéma me grisait.
Avec Michel Boisrond, nous avons choisi mon partenaire pour "Faibles femmes" : ALAIN DELON.
Bravo, ma chérie.
Mais trouveras-tu encore un peu de temps pour tes vieux parents ?
Le titre du film est éloquent ! Notre fille n'est disponible que pour les réalisateurs et les jeunes premiers.
Je cherchais à compenser mon éloignement par des cadeaux « dernier cri ».
Avec cette télécommande, vous pourrez me voir à la télévision sans bouger de votre canapé !
Qu'est-ce que c'est encore que ce gadget compliqué ?!
J'avais envie de vous épater...
On t'a vue au cinéma...
... Dans "La bataille de Marathon" de Jacques Tourneur.
C'est un succès aux USA ! Je suis une Andromède sexy, non ?
J'avais besoin de votre reconnaissance.
« Sexy »... Comment as-tu pu être si impudique ?
Quelle honte !
Par contre, avec mes amies, on a bien aimé "Un amour à Rome".

Je voulais que vous soyez fiers de moi.
Dino Risi, quel réalisateur de talent ! Même si toi tu fais un peu potiche...
Tu manques vraiment d'ambition. Moi, à ta place, j'aurais déjà un OSCAR !
Et il fallait s'investir toujours plus.
Reviens vite, ma chérie. Je suis vieux.
Mais non, Papa !
En décrochant le rôle de Milady qui me rendrait populaire, je réalisais mon rêve.
Bravo, Mylène ! Tu es belle, émouvante. Tu es PARFAITE !
Mylène ! Un appel téléphonique pour vous de l'hôpital Bichat...
La réalité m'a brusquement rattrapée.
Papa ?!
Il est dans le coma.
Le choc a été d'une grande violence.
Il est mort.
PAPA !

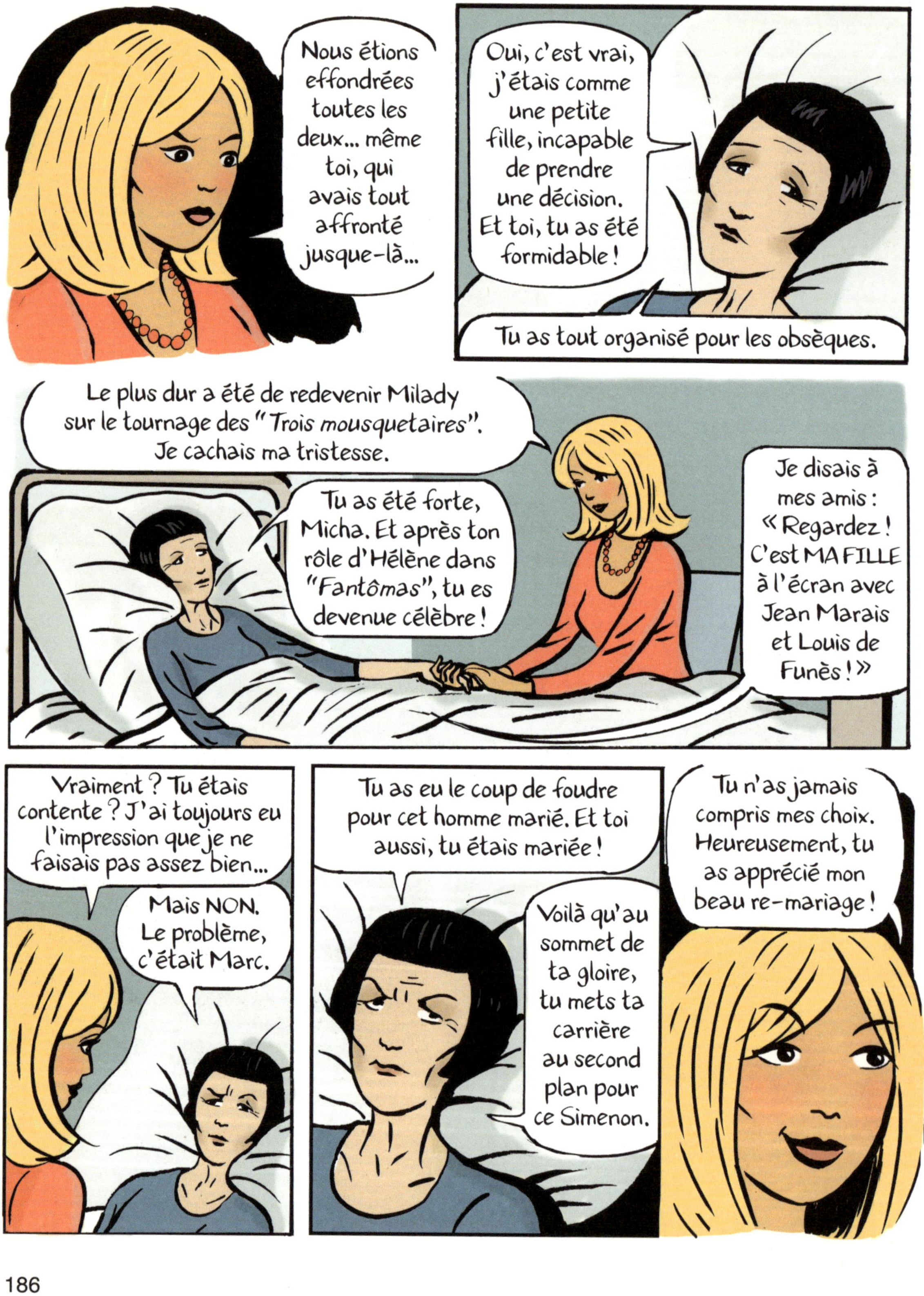
Nous étions effondrées toutes les deux... même toi, qui avais tout affronté jusque-là...
Oui, c'est vrai, j'étais comme une petite fille, incapable de prendre une décision. Et toi, tu as été formidable !
Tu as tout organisé pour les obsèques.
Le plus dur a été de redevenir Milady sur le tournage des "Trois mousquetaires". Je cachais ma tristesse.
Tu as été forte, Micha. Et après ton rôle d'Hélène dans "Fantômas", tu es devenue célèbre !
Je disais à mes amis : « Regardez ! C'est MA FILLE à l'écran avec Jean Marais et Louis de Funès ! »
Vraiment ? Tu étais contente ? J'ai toujours eu l'impression que je ne faisais pas assez bien...
Mais NON. Le problème, c'était Marc.
Tu as eu le coup de foudre pour cet homme marié. Et toi aussi, tu étais mariée !
Voilà qu'au sommet de ta gloire, tu mets ta carrière au second plan pour ce Simenon.
Tu n'as jamais compris mes choix. Heureusement, tu as apprécié mon beau re-mariage !

Nous étions si heureux, Marc et moi, d'avoir nos mamans auprès de nous le jour J.
Je ne vois que Tigy. Georges Simenon n'a pas daigné se déplacer ?!
Tu sais bien qu'il ne bouge jamais. Mais il nous a envoyé sa bénédiction !
Tous mes voeux de bonheur Georges Simenon
Après nos divorces houleux respectifs, notre mariage était joyeux, chic et festif !
VIVE LES MARIÉS !
Quand je pense à la fortune que ma fille a dû lâcher à ce profiteur de Coste pour le divorce : DEUX appartements !
L'AMOUR n'a pas de prix !
Avec Marc, j'étais une femme comblée.
Jeune mariée et belle-mère de deux enfants en même temps !
J'avais trouvé mon prince charmant.
TOUS AU CHÂTEAU POUR SABRER LE CHAMPAGNE !
Bon courage...

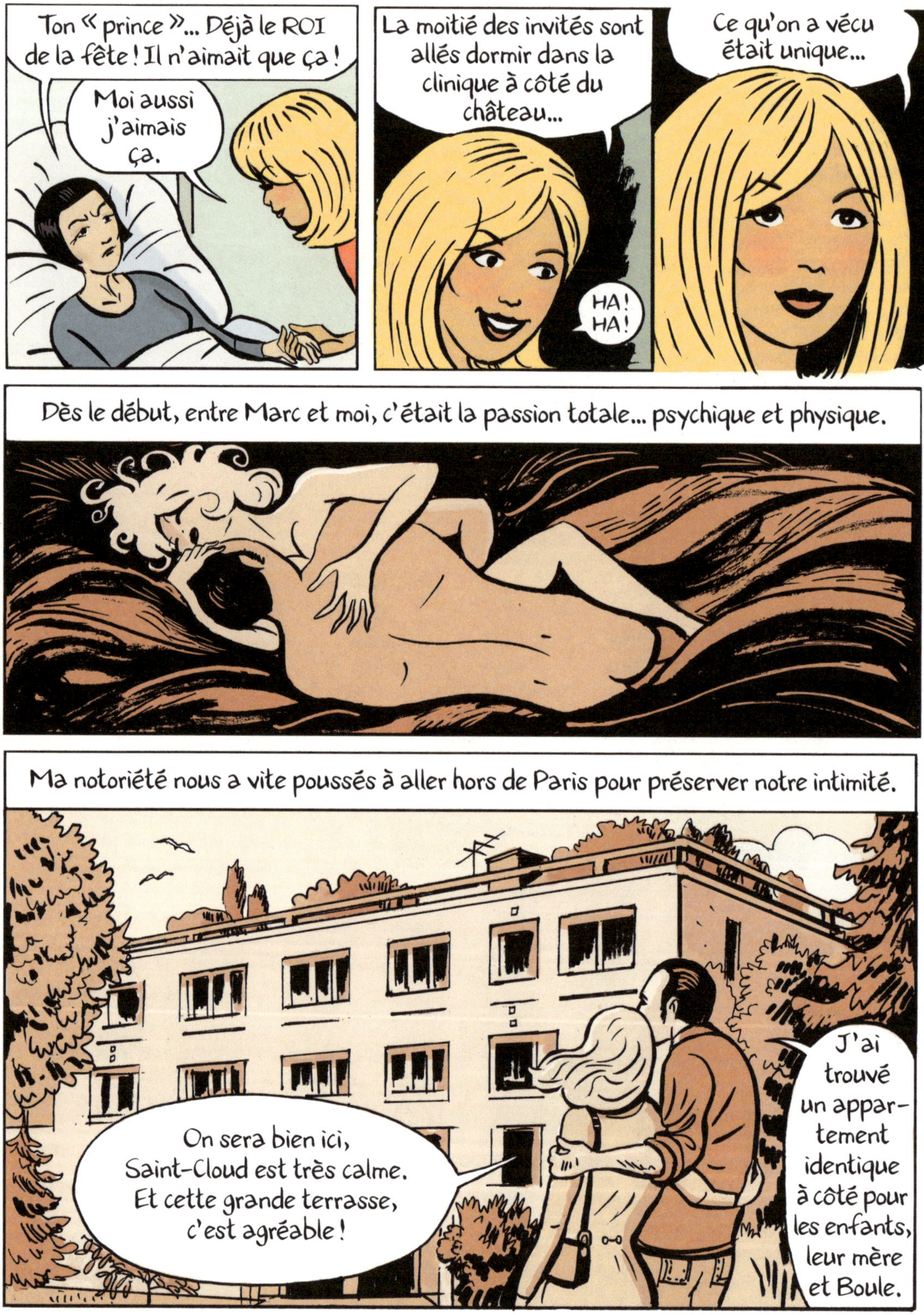
Ton « prince »... Déjà le ROI de la fête ! Il n'aimait que ça !
Moi aussi j'aimais ça.
La moitié des invités sont allés dormir dans la clinique à côté du château...
HA ! HA !
Ce qu'on a vécu était unique...
Dès le début, entre Marc et moi, c'était la passion totale... psychique et physique.
Ma notoriété nous a vite poussés à aller hors de Paris pour préserver notre intimité.
On sera bien ici, Saint-Cloud est très calme. Et cette grande terrasse, c'est agréable !
J'ai trouvé un appartement identique à côté pour les enfants, leur mère et Boule.

J'ai réalisé que j'avais plus l'âme d'une amoureuse que celle d'une mère.
Et si on faisait un bébé ? J'ai avorté deux fois avant notre rencontre, mais avec toi, j'ai envie !
J'ai déjà deux enfants et notre amour suffit à me combler, ma chérie !
Oui, tu as raison, moi aussi.
À cette époque, chaque nouvelle journée avec l'homme de ma vie était féérique.
Entre deux tournages, j'adore venir ici !
Moi aussi... Regarde ces petites bêtes adorables !
En guise de famille, nous avons eu l'envie de fonder une grande ménagerie.
Avec tous les animaux qu'on a déjà, tu veux que j'accepte ce « cadeau » ?
Oui, ma chérie ! Un bébé lion, ce serait extra !

L'amour, le travail, la folie, tout nous réussissait, nous nous sentions libres !
Qu'est-ce que ton mari voulait de plus ? On se demande pourquoi ce besoin de boire !
L'alcoolisme est une maladie. J'ai tout essayé pour l'en sortir. On a commencé par déménager à Poigny-la-Forêt.
Utopie des années 70 ! Quelle idée cette bicoque isolée avec toutes ces bêtes !
Après la vie en appartement, dans cette jolie chaumière, c'était le foyer idéal.
Nous nous sommes construit notre royaume en pleine nature, entourés de nos animaux.
Ah là là, madame Claudia, ils m'épuisent ! Voilà qu'ils ont recueilli un renard qui terrorise mon caniche et va égorger les poules !
WAF !
Pauvre Boule ! Ma fille est indomptable !

Notre vie tournait autour d'eux et du cinéma.
Regarde, Marc, nos petites mangoustes adorent le bain à la sauge !
Pour la promo du film, tu devrais faire l'émission de Mireille Dumas avec elles !
C'étaient nos deux passions.
Bonne idée ! Je vais emmener Marguerite à la télé.
On se retrouve ce soir après ton tournage, mon amour ?
Mais celle de Marc, l'alcool, nous séparait.
Non, je resterai jusqu'à demain à Paris avec quelques copains.
Ta bande d'ivrognes ?!
C'est devenu toxique pour notre couple.
Tu vas encore te saouler !
C'est toi qui me saoules !
Ce poison s'est infiltré sournoisement entre nous.
Marc a l'air contrarié... Sur quel film travaille-t-il en ce moment ?
«L'EXPLOSION».
VRAOUM !
J'ai mis du temps à comprendre que l'alcoolisme est une vraie pathologie...
... et qu'il fallait que j'aide Marc au lieu de le houspiller.

Est-ce que ça valait la peine de sacrifier ta carrière pour devenir son infirmière ?
Oui, contrairement à toi, je fais passer l'amour avant tout. Et je ne l'ai encore jamais regretté.
Tu supportes beaucoup de choses. Vous n'avez pas eu d'enfant ensemble.
Ça n'a rien à voir !
Il t'a tout de même imposé les siens, leur mère et Boule !
Marc a reproduit à sa façon le mode de vie de son père. Je l'aime assez pour accepter ça.
Georges Simenon, tu parles ! Un modèle ? Il nous méprise, nous, les femmes russes.
Mon beau-père est plus complexe que tu ne le penses...
Georges Simenon n'est pas toujours tendre et peut avoir certains préjugés.
MAAARC !
Mon fils, tu es comme un toutou avec cette actrice !
Les filles que l'on paye ne sont pas celles qui nous coûtent le plus cher !
Arrête, Dad ! Mylène gagne très bien sa vie elle-même.

Il n'aime qu'un type de femme, aux antipodes, en apparence, de ce que je suis.
Tu es si belle !
Avec toi, mon chéri, je veux vivre d'amour et d'eau fraîche !
Pourquoi certaines femmes se maquillent-elles ?
Il n'y a rien de plus séduisant que le NATUREL, comme toi, Térésa.
Mais il y a dix ans, il a enfin mesuré toute ma sincérité et mon investissement.
C'est un coma éthylique.
Vous montez à l'arrière avec votre mari, madame Simenon ?
Merci de nous déposer à Lausanne rue des Figuiers, chez son père...
Georges a fini par comprendre et admettre que mon amour était vital pour son fils.
Restez, Mylène !
Vous êtes indispensable à la guérison de Marc.
Excusez-moi, je me suis comporté comme un vieux con !

À partir de ce moment-là, la relation avec mon beau-père a complètement changé.
Ce serait fantastique de vivre sur cette île si préservée. N'est-ce pas, Georges ?
Ah, Mylène, Porquerolles ! J'avais découvert ce petit paradis dans les années 20. Nous y campions avec Tigy et Boule.
Simenon est devenu un beau-père respectueux, amical et chaleureux avec moi.
À table ! Je vous ai fait mon fameux blanc-manger en dessert !
Une minute, Térésa...
Je voudrais voir la fin du film de Mylène.
C'est incroyable qu'on ne se soit jamais rencontrés, lui et moi.
Mais je ne suis pas sûre qu'on se serait entendus avec nos deux forts caractères !
Il nous a permis de réaliser notre rêve le plus fou en se portant garant pour l'achat de la maison à Porquerolles.
Et Tigy et moi avons tout vendu pour vous aider !
Bien sûr, je ne l'oublie pas...
Mais Georges n'y a jamais mis les pieds, lui.

Les Myriades... Que j'aime cette maison ! C'est notre partage le plus intense avec Marc... La mer, le soleil, les oiseaux...
Et tous ces animaux bizarres ! Quand ton mari t'a offert un bébé crocodile pour ton anniversaire... Franchement, quelle idée !
Ça n'était pas raisonnable toute cette ménagerie !
On a fini par comprendre qu'avec les animaux sauvages, l'instinct reprend toujours le dessus.
Maintenant, on n'a plus que des animaux domestiques.
En réalité, cet amour des animaux, ça a commencé avec TOI.
Ah bon ?
Souviens-toi quand j'étais petite, le chaton abandonné...
Oh, oui !
En fait, c'est là que je t'ai vue pleurer la toute première fois...

À Paris, en appartement, pas question d'avoir des bêtes, Micha !
S'il te plaît, Maman ! Je l'ai trouvé dans une poubelle. Il a besoin de nous !
Miaou !
Il ronronne comme un moteur.
Il est si gentil !
RRR RRR...
Bon, d'accord... À condition qu'il soit très propre !
Il est si mignon !
RRR ...
Il est adorable.
DODI !
Depuis quelque temps, il n'est pas très en forme... Il est malade ?
Ça fait déjà un moment qu'il a perdu l'appétit.
Il ne ronronne plus. On va le soigner ?

Maman, mon chat ! Il ne bouge plus. Il dort ?
Mon Dieu, il est mort !
PLUS JAMAIS ! Plus jamais d'animal ! Ni chat, ni rien !...
Tu m'entends bien, Micha ?
On va l'enterrer au bois de Boulogne.
Quand je serai grande, je serai entourée d'animaux.
Je le jure.
Tu vois, Maman, j'ai tenu ma promesse.
Maman ?!?
Tu dors ?
MAMAN !

Qu'est-ce que c'est que ça, encore ?
Des coupures de presse ? Collectées depuis 1957 ? Tout y est.

COSMOPOLITAN
DEMONGEOT
BARDOT
FILM
MATCH
FAMILIEBLAD
LOLLO
CINÉ MONDE
un spiegel
Das bringt DIR 1959!
stop
Tu étais fière de moi, Maman...
Pourquoi n'as-tu pas su me le dire ?
FILMSKI SVET
DEMONGEOT ET DELON
TELE 58
JOURS DE FRANCE
JOURS DE FRANCE
JEUNESSE EN FLEUR du CINÉMA FRANÇAIS
Mylène Demongeot

PORQUEROLLES, 1986.
Je ne sais pas ce que tu veux, Maman...

LAUSANNE, 1989.
Quel endroit extra, Dad ! La vue est splendide !
J'ai réservé cette suite parce que la maison rose est trop petite. Je voulais vous avoir tous auprès de moi pour débuter cette nouvelle année...
Avant que les autres n'arrivent, je voulais vous dire que je vous apprécie, Mylène. Vous êtes vraiment une femme BIEN.
Merci Georges.
Quand on est sur le point de s'en aller, on acquiert une certaine lucidité.
Comment ça, Dad ?
Un jour, vous apprendrez que je ne suis plus là.
Chère Mylène, auriez-vous la gentillesse de me jouer des airs russes ?
Avec plaisir, Georges.
OTCHI TCORNIA
OTCHI JGOUTCHIYA
I PREKRASS NIYI
KAK LIOUBLIOU YA VASS
KAK BAYOUSSIA VASS
MAGNIFIQUE ! J'aimerais maintenant "Les nocturnes" de Chopin, s'il vous plaît...

PORQUEROLLES, 1990.
Ça fait déjà un an qu'il est mort.
Je ne comprends toujours pas pourquoi il a voulu qu'on l'apprenne par la télévision.
Nous sommes désormais orphelins tous les deux, mon chéri.
La vie est si fragile. Mais ensemble, nous sommes forts, n'est-ce pas, mon amour ?
J'attends toujours ta réponse à ma demande ...
Pour l'église ?
DING !
DONG !
VIVE LES MARIÉS !
VIVE LES MARIÉS !
MYLÈNE !
MARC !

PARIS, 1999.
À L'HÔPITAL NECKER, VITE !
TAXI
Une mauvaise chute. La tête de votre mari a heurté violemment une marche de l'escalier. Le pronostic vital est engagé... Je suis désolé, madame Simenon.
Marc !
Ma chérie... Que comptes-tu faire maintenant ?
Je retourne demain à Porquerolles disperser ses cendres dans la mer. C'est ce que Marc souhaitait.
Et je vais tenir ma promesse. Maman disait : « Le souvenir disparaît, l'écrit reste. »

KHARKOV, 2010.
C'est en l'honneur de votre mère, Claudia Troubnikova, et du merveilleux livre où vous racontez sa vie, chère Mylène Demongeot, que nous avons appelé ce festival de cinéma "Les lilas de Kharkov". Il vous est dédié à toutes les deux.
Nous sommes ravis d'accueillir aussi les artistes qui vous accompagnent et en particulier votre ami l'acteur Pierre Richard, qui est également une immense vedette chez nous.
BIENVENUE EN UKRAINE ! BIENVENUE À KHARKOV !
VIP

Incroyable, tous ces honneurs ! Tu es une icône vivante dans ce pays.
Quand je pense que ma mère m'avait interdit de mettre un jour les pieds à Kharkov !
Même pas pour rencontrer tes grands-parents ?
Ils sont morts pendant l'Holomodor, la grande famine sous Staline en 1932. Je n'ai plus de famille...
Ta mère aurait été fière de voir quelle STAR tu es aujourd'hui ici !
Détrompe-toi, Pierre. Elle aurait voulu que j'épouse un ambassadeur. C'était son idée de la réussite.
Question d'époque, non ? Tu es allée au-delà de tout ce qu'elle aurait pu imaginer, et par toi-même !
Pour Claudia, l'Ukraine signifiait la mort... Moi, c'est la vie qui m'accueille !

Bonjour Kharkov !
MYLÈNE !
PIERRE !
MYLÈNE !
PIERRE !
MYLÈNE !
L'INASSOUVIE
Cette Nuit là...
FANTÔMAS contre SCOTLAND YARD
LA BATAILLE DE MARATHON
MYLÈNE DEMONGEOT
LE GRAND BLOND AVEC UNE CHAUSSURE NOIRE

EPILOGUE

Pour une fois, je vais pouvoir profiter de ma maison au printemps... FINI KHARKOV !
Au bout de dix ans de festival là-bas, voilà que ça s'arrête à cause des événements.
La guerre est revenue en Ukraine.
Claudia n'avait peut-être pas tout à fait tort.

Maman avait raison sur beaucoup de plans. Elle était forte, lucide et dure aussi. C'est finalement grâce à elle que j'écris aujourd'hui.
Son ambition était avant tout la réussite sociale et matérielle... LE PRESTIGE !
Elle a eu tort sur une chose essentielle : sa relation avec les HOMMES. Sans doute avait-elle trop peur d'eux, elle ne voulait pas souffrir.
Elle a été faible de ce côté-là, même si elle pensait que c'était moi qui l'étais.
Mon ambition à moi était de former un COUPLE. Je voulais un partage, une égalité, une complicité.
Avec Marc, j'ai connu des difficultés, mais ce que je garde tout au fond de moi est ce qu'il m'a donné de plus précieux : l'AMOUR.
Avec lui, j'ai découvert la fusion de l'âme et du corps.
Ma mère, qui avait eu la belle vie bourgeoise dont elle rêvait, n'aura pas connu l'intimité amoureuse, intellectuelle et sensuelle. Et encore moins une sexualité épanouie. Quel dommage, on n'en parlait pas à l'époque.
Avec Marc, j'ai eu des années de bonheur intense qui valaient bien tous les sacrifices que j'ai faits.

Il me manque. Mais ma mère me l'a souvent répété, il faut aller de l'avant ! J'ai rangé mes souvenirs en vendant ma maison de Porquerolles et je me suis installée ici, en pleine campagne.
Et avec quelle vitalité !
Écrivaine et comédienne, tu enchaînes les livres et les films !
Aujourd'hui, tu es aussi bien reconnue dans le cinéma d'auteur que dans le cinéma populaire...
Ma carrière a redémarré de manière inespérée, et c'est pratique d'habiter en Mayenne pour aller à Paris quand j'ai un tournage.
J'ai aussi un espace fabuleux pour tous mes animaux.
Ils sont ma raison de vivre.

J'ai un amour immodéré pour eux. Ils me le rendent bien ! Ce n'est pas par hasard si j'ai choisi de vivre dans cette longère. J'ai sept chats ! Et surtout le Refuge de l'Arche est tout près.
J'admire beaucoup cette association.
Je la soutiens aussi activement que possible. Toutes les bêtes en détresse, même les espèces sauvages, sont recueillies.
Et ici, j'ai de la place, je peux devenir une annexe du Refuge… comme pour ce beau vieux cheval.
Mon BoumBoum ! Après avoir été au service des hommes toute sa vie, il coule une retraite paisible dans mon pré.

C'est drôle, après toutes ces années, je retrouve mon amie Brigitte, ma première « rivale » de cinéma, dans notre engagement pour la cause animale.
En plus de la Fondation Bardot, elle soutient le Refuge.

Vous savez, je me sens en paix avec moi-même...
Une sensation qu'on ne peut pas avoir à vingt ans...
Je suis sereine, libre et heureuse.

C'est sur cette terre à l'Ouest que j'ai décidé de m'enraciner... Chaque matin, je peux y admirer en paix le soleil qui vient de l'Est... Kharkov me sourit !

Revivre la vie de maman m'a passionnée, regarder la mienne, résumée en bande dessinée, a provoqué en moi une sensation troublante et surtout, déconcertante. Je me suis racontée à travers mes livres, mais me voir évoluer dans les images talentueuses de Claire et de Catel, c'était une toute autre affaire. Je me suis sentie obligée de regarder ma vie en face. J'ai réfléchi. Où en étais-je maintenant?

Et bien, dans ma petite ferme en Mayenne, entourée d'animaux aimés, d'amis fidèles, de livres, de films, de musique, d'arbres, d'eau, de verdure et de fleurs, me voilà en train d'attaquer avec passion et gourmandise, une nouvelle page de mon existence à l'âge où beaucoup de personnes goûtent une retraite méritée.

Face à mon chêne bien aimé, un matin, tandis que je le contemplais avec amour, j'ai pris la décision de consacrer la plus grande partie du temps qui me reste, à ma vie d'artiste, en faisant pour moi et pour moi seule, ce que j'ai fait pour d'autres, pendant tant d'années.

Miraculeusement, (je crois aux signes du destin), j'ai retrouvé, en rangeant ma bibliothèque, un roman que j'avais mis de côté il y a plus de dix ans en me disant : je dois absolument jouer cette femme-là, ce rôle-là lorsque j'aurai l'âge. Et voilà. Je l'ai atteint cet âge. Je vais maintenant tout mettre en œuvre pour que ce film se fasse. Et comme je suis une éternelle optimiste, je sais que d'autres films m'attendent encore avec de beaux rôles tant que je suis vivante et en bonne santé. Et qu'il y a des gens qui m'aiment.

J'ai aussi une dette vis à vis de maman. J'aimerais pouvoir la combler de bonheur et de fierté. J'aimerais qu'elle découvre de là-haut, (qui sait !), que sa fille a fini par l'entendre.

Alors la boucle sera bouclée.

MYLÈNE DEMONGEOT

Eudoxie Troubnikova, la mère de Claudia.

Eudoxie et Georges Troubnikova, les parents de Claudia.

Claudia Troubnikova et Mylène Demongeot, chronologies croisées

18 MAI 1904 Naissance de Klavdia (Claudia) Troubnikova à Kharkov, en Ukraine. Elle est le troisième enfant d'Eudoxie Iecenin et de Georges Troubnikova, après Paul, alors âgé de 5 ans, et Marie (Sis), de trois ans son aînée et dont elle restera proche tout au long de sa vie.

1912 Claudia et sa famille déménagent à Khabarovsk (Sibérie), poussés par les événements politiques qui commencent à ébranler la région. Son père s'occupera des travaux du prolongement du Transsibérien. Le trajet, en train, dura plusieurs semaines. Rejoignant la Sibérie via Moscou, la famille traversa ainsi plus de 9 000 km.

30 DÉCEMBRE 1916 Assassinat de Raspoutine. La société russe de l'époque est de plus en plus secouée, et le peuple commence à se soulever.

PRINTEMPS 1917 Le père de Claudia abandonne le foyer familial pour une autre femme. Quelques semaines plus tard, sa mère, apprenant qu'il se trouve à Harbin (Chine du nord), part à sa recherche, laissant seuls ses trois enfants, avec seulement un peu d'argent et la bénédiction d'une voisine.

FÉVRIER ET OCTOBRE 1917 La Révolution russe éclate dans tout le pays. Les écoles sont réquisitionnées.

Sis, Lochka et Claudia.

Claudia, jeune femme.

1917 Les enfants, toujours seuls, sont expulsés de leur logement faute de pouvoir en régler le loyer. Ils emménagent dans le grenier des voisins, pris de pitié pour leur situation. Ils y resteront deux ans, dans un confort plus que sommaire, sans aucun revenu, souffrant de faim et de froid et sans nouvelles de leurs parents.

17 JUILLET 1918 La famille royale russe est assassinée par les bolcheviks.

1919 Les parents de Claudia, coincés à la frontière chinoise depuis deux ans, sont de retour à Khabarovsk. Ils récupèrent leurs enfants pour les emmener avec eux à Harbin.

1919 Lors de l'une de ses visites à la bibliothèque d'Harbin, Claudia, alors âgée de 15 ans, rencontre un jeune homme de dix ans son aîné, Boris Ivantzoff. Ils commencent à se fréquenter et, très vite, décident de se marier. Pour Claudia, c'est une union de raison qui lui permet de fuir son père, de plus en plus pressant avec la jeune adolescente.

20 MAI 1922 Quelques jours après ses 18 ans, Claudia épouse Boris à l'église orthodoxe et quitte le foyer familial.

1922 Très peu de temps après, elle tombe enceinte par accident. Pour elle qui a de grandes ambitions, c'est une catastrophe. Si elle doit garder l'enfant, elle s'arrange pour se débarrasser de Boris, qu'elle convainc de déménager à New York en lui promettant de le rejoindre lorsque la situation le permettra.

17 DÉCEMBRE 1923 Claudia accouche de jumeaux, mais seul son fils Léonide (Lochka) survit.

1924 Claudia décide de partir pour Shanghai, ville d'or de ces années **1920** Avec l'aide financière et politique d'Eddie, un riche Allemand avec qui elle vit alors une liaison, elle obtient des passeports pour elle, sa sœur Sis et son tout jeune fils Lochka. Tous les trois prennent d'abord un train pour Vladivostok, puis embarquent pour une traversée longue et difficile dans un cargo, lors de laquelle ils resteront un mois enfermés dans une cabine.

1924 À Shanghai, Claudia, Sis et Lochka ont rejoint leur amie Lolia et logent dans une pension. Alors que Sis travaille comme dactylo, Claudia, sur les conseils de leur camarade, débute comme hôtesse dans un club russe. Très vite, elle y rencontre Louis, l'un des hommes les plus riches de Shanghai, qui s'éprend d'elle – d'abord parce qu'elle est le sosie de son épouse.

Fred Demongeot.

Fred et Claudia.

Claudia heureuse aux bras de Riquet, à Nice.

1925 Louis, pourtant marié à une femme résidant à l'étranger, décide d'accueillir dans sa grande demeure Claudia, qui devient vite sa maîtresse. Elle y emménage avec son fils et sa sœur. Ils y vivront une vie douce et luxueuse dans le mondain Shanghai.

1926 Fred Demongeot, un riche Français d'origine italienne employé par la Banque d'Indochine, emménage à Shanghai. Fréquentant les mêmes cercles d'expatriés, il rencontre Claudia et en tombe rapidement amoureux. Fred et Claudia commencent à se fréquenter en cachette de Louis.

1927 Fred, rappelé par des affaires en France et dépassé par son amour naissant, quitte Shanghai, laissant Claudia seule et malheureuse. Sûre du retour prochain de son amant, Claudia quitte Louis et déménage, avec sa sœur et son fils, dans un petit appartement de Shanghai.

2 AOÛT 1928 Claudia reçoit un courrier de Fred, dans lequel il lui demande enfin sa main.

14 DÉCEMBRE 1928 Claudia divorce alors de Boris, après plusieurs procédures visant à prouver l'« absence du mari ».

22 DÉCEMBRE 1928 Fred Demongeot et Claudia se marient à la mairie de Shanghai. C'est une petite cérémonie, à laquelle assistent seulement quelques témoins.

1929 Le jeune couple part ensuite pour la France. La traversée, par le service des Messageries maritimes, dure 32 jours. Les escales sont nombreuses, le voyage agréable.

1929 À son arrivée à Nice, Claudia rencontre Henri (Riquet), le frère de Fred, dont elle tombe éperdument – mais secrètement – amoureuse. Le couple s'installe rue Frédéric Passy, dans le même immeuble que Clothilde Demongeot (Nonna), la mère de Fred, dont Claudia sera très proche.

24 OCTOBRE 1929 Le crash boursier de 1929, appelé « Jeudi noir », ruine la famille Demongeot. Nonna, issue de la noblesse italienne, perd la fortune que son fils Fred avait placée pour elle. Coupable et contraint par cette situation précaire, ce dernier accepte alors un poste en Indochine.

1930 À peine un an après avoir quitté l'Asie, Fred et Claudia s'installent donc à Saigon. Ils y vivront plusieurs années, dans le quartier résidentiel de Nerodom. Dans l'Indonésie des années 1930, leur quotidien est très confortable ; le salaire de Fred est conséquent, et le couple dispose même d'un personnel de maison.

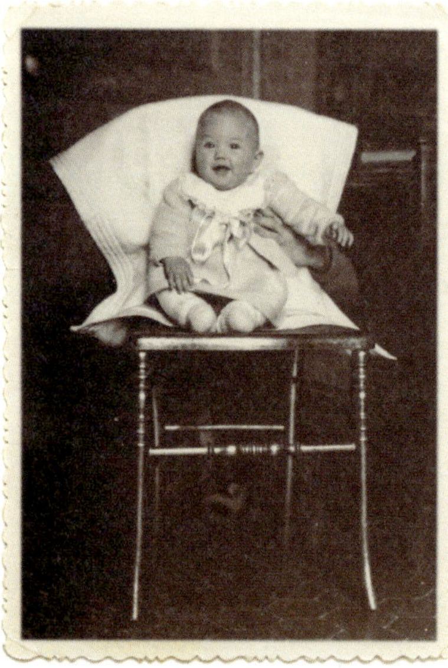

Marie-Hélène, à Nice, 1937.

Claudia et Marie-Hélène, Paris, 1950.

Marie-Hélène, adolescente, et Lochka.

1930 Fred est gravement blessé dans un accident de voiture, à la suite duquel il perd son œil gauche. Immobilisé pendant plus de trois mois, il sort de cette épreuve très abattu. Se sentant également de moins en moins indispensable dans son travail, il déprime et commence à chercher un nouveau poste. Mais la Banque d'Indochine, son employeur, l'apprend et le met à pied plusieurs mois.

1932 Fred, Claudia et Lochka retournent alors en France. Quelques mois plus tard, Fred reçoit de Saigon sa lettre de licenciement et la famille s'installe définitivement à Nice où elle passeront passera quelques douces années, malgré le chômage de Fred.

1934 Fred se rend fréquemment à Paris pour chercher du travail. Après plusieurs échecs, il y trouve finalement un emploi en tant que directeur de l'Institut français du caoutchouc.

29 SEPTEMBRE 1935 Marie-Hélène Demongeot, second enfant de Claudia, naît à Nice. C'est une jolie petite fille, mais qui commence à souffrir de strabisme dès ses 4 ans.

1939 La Seconde Guerre mondiale éclate. Cette même année, la famille déménage à Paris, seul Lochka reste à Nice aux côtés de Nonna. Ils s'installent rue Guichard, dans le 16e arrondissement, où ils vivront les dures années de l'Occupation.

1944 Nonna malade, la famille embarque pour un long voyage en train de trois jours à travers la France en guerre pour lui rendre une dernière visite. Après ce trajet dangereux, ils choisissent de ne pas rentrer à Paris et s'installent à Montpellier, où Fred trouve un poste auprès du commissaire de la République. Dans le grand appartement réquisitionné pour eux place de la Comédie, Marie-Hélène trouve un piano à queue et se prend de passion pour la musique.

1949 La famille rentre à Paris et réintègre son ancien appartement rue Guichard. Marie-Hélène est lycéenne. Elle est passionnée de cinéma et continue ses leçons de piano avec assiduité. Mais à cause de son physique ingrat, sa scolarité est difficile. Un jour, lassée des moqueries de ses camarades, elle se bat et est renvoyée de l'établissement. Elle choisit alors d'arrêter définitivement ses études et demande à se faire opérer pour corriger son strabisme. Le changement physique est radical, la jeune fille se découvre belle femme.

1951 Un photographe repère Marie-Hélène dans la rue alors qu'elle fait des courses avec Claudia rue de Passy, à Paris. Elle commence alors une carrière de mannequin.

Sur le tournage des *Sorcières de Salem*, 1957.

Mylène, mannequin.

Avec Alain Delon, son partenaire dans *Faibles Femmes*, 1958.

En Milady dans *Les trois mousquetaires*, 1961.

Avec Jean Marais dans *Fantômas se déchaîne*, 1965.

1951/1952 Poussée par sa passion pour le cinéma, Marie-Hélène s'inscrit au Cours Simon, à Paris, pour apprendre à jouer la comédie.

1953 Marie-Hélène fait ses débuts au cinéma : elle interprète Nicole dans *Les enfants de l'amour*, de Léonide Moguy.
Parallèlement à ces petits rôles, elle continue à poser comme modèle.

1956 Lors de l'une de ces séances, Marie-Hélène rencontre le photographe Henri Coste, dont elle tombe amoureuse.

1957 Grâce à l'un des clichés d'Henri Coste, Marie-Hélène (qui devient Mylène) est remarquée par Raymond Rouleau, alors à la recherche d'une comédienne pour son prochain film, *Les sorcières de Salem*.
Elle y jouera Abigail, aux côtés de Simone Signoret et d'Yves Montant.
À seulement 21 ans, ce rôle lui apporte la consécration.

1958 Mylène tourne, à Londres et à Saint-Tropez, l'adaptation de *Bonjour tristesse* par Otto Preminger.

1958 Mylène épouse son compagnon Henri Coste.
Ils resteront mariés jusqu'en 1968.

1959 Les tournages de *La bataille de Marathon* et des *Garçons*, aux côtés de Laurent Terzieff, font très rapidement de Mylène une star en Italie.

1959 Le rôle de Sabine, dans *Faibles femmes*, aux côtés d'Alain Delon, assoit encore la notoriété de Mylène Demongeot. Elle enchaîne ensuite les tournages, dans des films populaires *Les trois mousquetaires* de Bernard Borderie (1961) ou la trilogie *Fantômas* d'André Hunebelle (1964 ou plus dramatiques *L'inassouvie*, de Dino Risi (1960).

1961 Décès de Fred Demongeot.

1967 Lors d'un dîner, Mylène rencontre Marc Simenon, réalisateur et fils de l'écrivain Georges Simenon. C'est un coup de foudre réciproque. Elle fera pour lui un des épisodes des *Dossiers de l'agence O*.

16 SEPTEMBRE 1968 Mylène, récemment divorcée de son premier mari, épouse Marc Simenon. À l'exception de quelques pièces de théâtre, elle mettra dès lors sa carrière entre parenthèses pour l'accompagner dans son travail de production, mais aussi pour s'occuper d'animaux, leur autre passion commune. Marc souffre par ailleurs d'alcoolisme, et Mylène le soutiendra durant toute sa vie dans ce combat.

1982 Après plusieurs déménagements, le couple fait l'acquisition d'une maison sur l'île de Porquerolles, Les Myriades.

Mylène et ses parents.

Mylène et des amis, dont Dominique Besnehard et Henry-Jean Servat.

Mylene de retour en Ukraine avec Pierre Richard et Catel.

1984 Décès de Lochka Demongeot, demi-frère de Mylène. À la suite de ce triste événement, on détecte un cancer à Claudia. Elle entre à l'hôpital et décèdera à son tour deux ans plus tard.

4 SEPTEMBRE 1989 Décès de l'écrivain Georges Simenon, le beau-père de Mylène dont elle était très proche.

1990 Mylène publie *Les lilas de Kharkov*, consacré à la vie de sa mère. Le livre, un succès, sera réédité à plusieurs reprises. Elle a depuis publié cinq autres ouvrages.

29 SEPTEMBRE 1990 Pour célébrer leurs vingt-deux ans de mariage, Marc Simenon et Mylène se marient de nouveau, à l'église cette fois, sur l'île de Porquerolles.

24 OCTOBRE 1999 Marc Simenon décède accidentellement après une violente chute dans un escalier.

2004 Après de longues années d'absence, Mylène Demongeot retrouve le cinéma, grâce notamment à l'intervention de l'agent parisien Dominique Besnehard. Elle interprète Manou Berliner dans le film *36 quai des Orfèvres*, d'Olivier Marchal, rôle pour lequel elle sera nommée aux César en 2005.

2006 Mylène confirme son grand retour avec le succès populaire *Camping*, de Fabien Onteniente, dans lequel elle interprète la femme de Claude Brasseur. Elle poursuit avec divers autres tournages, tel le film d'auteur *La Californie* de Fieschi, rôle pour lequel elle sera nommée aux César en 2007. L'année suivante, elle tournera *Les toits de Paris* d'Hiner Saleem avec Michel Piccoli.

2007 Elle reçoit la décoration de commandeur des Arts et des Lettres.

2009 Première édition du festival de cinéma international de Kharkov, nommé « Les lilas de Kharkov » d'après le livre de Mylène. Elle s'y rendra par ailleurs l'année suivante en compagnie de Pierre Richard.

2010 Mylène vend sa propriété de Porquerolles. L'année suivante, elle s'installe en Mayenne.

DES MÊMES AUTEURES

Claire Bouilhac et Catel Muller

ÉDITIONS DUPUIS

Rose Valland, Capitaine Beaux-Arts, en collaboration avec Emmanuelle Polack

Top Linote (3 tomes)

Mylène Demongeot et Catel Muller

ÉDITIONS FLAMMARION

Les Animaux de ma vie

Mylène Demongeot

ÉDITIONS FLAMMARION

Le Piège, en collaboration avec le Dr Isabelle Sokolow

Les Lilas de Kharkov

Mes monstres sacrés

ÉDITIONS HORS COLLECTION

Mémoires de cinéma — Une vie et des films

ÉDITIONS PRÉ AUX CLERCS

Animale(ment Vôtre)

Tiroirs secrets

Claire Bouilhac

ÉDITIONS L'ASSOCIATION

Comix 2000 (collectif)

ÉDITIONS BRÉAL

L'antimanuel de psychologie, en collaboration avec Jake Raynal et Serge Hefez

ÉDITIONS CORNÉLIUS

Cornélius ou l'art de la mouscaille et du pinaillage (collectif)

Francis blaireau farceur, en collaboration avec Jake Raynal (6 tomes)

ÉDITIONS FLUIDE GLACIAL

Melody Bondage, en collaboration avec Jake Raynal

Amuse-bouche, en collaboration avec Jake Raynal

ÉDITIONS HUGO DESINGF

L'humour contre l'exclusion (collectif)

ÉDITIONS NOCTURNE

Christmas Blues (collectif)

ÉDITIONS DES RONDS DANS L'O

En chemin elle rencontre (collectif)

en collaboration avec Muriel Salmona et Marie Moinard

Catel Muller

ÉDITIONS HUMANOÏDES ASSOCIÉS

Lucie s'en soucie, en collaboration avec Véronique Grisseaux

ÉDITIONS CASTERMAN

Lucie, en collaboration avec Véronique Grisseaux (3 tomes)

Le sang des Valentines, en collaboration avec Christian De Metter

Dolor, en collaboration avec Philippe Paringaux

Quatuor, en collaboration avec

Pascal Quignard, Jacques Gamblin, José-Louis Bocquet, Thierry Bellefroid

Kiki de Montparnasse, en collaboration avec José-Louis Bocquet

Olympe de Gouges, en collaboration avec José-Louis Bocquet

ÉDITIONS NOCTURNE

Édith Piaf, en collaboration avec José-Louis Bocquet

ÉDITIONS GRASSET

Ainsi soit Benoîte Groult

POUR NOS MAMANS KLAVDIA, MARIE-AIMÉE ET CHRISTIANE.

MERCI
à notre éditeur, José-Louis Bocquet, à Julie Jonart,
et à toute l'équipe des éditions Dupuis,
pour leur enthousiasme, leur soutien et leur efficacité
tout au long de ce projet.

Pour son implication à Pierre Richard.

Pour son accompagnement à Jake Raynal.

Pour leur participation à la finalisation graphique
à Marie-Anne Didierjean, Nicolas Sécheret et Francine Vergeaux.

Pour leur aide à Daniel Angeli, Dominique Bertail,
Robert et Marie-Aimée Bouilhac, Brigitte Boujassy, Camille Burger, Stéphane Chaumette,
Elsa Daillencourt, Ségolène, Christine et Hubert Delorme,
Didier Desbrosses, Jean-Pierre Festin, Céline Kerrec, Anne Luxereau,
Philippe Mouren, Christiane et Jean Muller, Agnès Rault, Stevan Roudaut,
Julie et Line Scheibling, Laurence Smadja, Jacques, Émile et Virgile Stoll,
Vivien, Muriel et François Stoll, Jean-Pierre Stoll, Aurélie Talon,
Damien, Louis et Thomas Truffaud.

Chronologie établie par Elisa Renouil,
illustrée avec les archives personnelles de Mylène Demongeot
et la collection de Philippe Mouren.
MAQUETTE Philippe Ghielmetti.

Cet ouvrage bénéficie d'un tirage de tête numéroté de 1 à 777 exemplaires.
Chaque tirage de tête est enrichi d'un dessin inédit, signé par les auteures
et imprimé sur du Rives Shetland blanc Naturel 250 g.
Il existe deux dessins différents, encartés et distribués aléatoirement.

D/2015/0089/4
ISBN 978-2-8001-6287-4

AIRE LIBRE
www.airelibre.dupuis.com

D/2015/0089/3
ISBN 978-2-8001-5375-9

Imprimé par PPO en France.

Certifié PEFC
Ce produit est issu de forêts gérées durablement et de sources recyclées et contrôlées.
PEFC 10-31-1800
pefc-france.org

Powered by DALIM SOFTWARE